Mlle C. DELORT.

UNE

FRANÇAISE

A

JÉRUSALEM.

A PARIS,

47, RUE DE LAROCHEFOUCAULD.

—

1864.

UNE FRANÇAISE

A

JÉRUSALEM

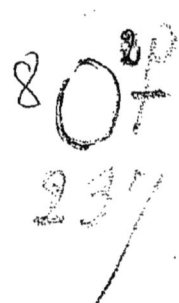

UNE FRANÇAISE

A

JÉRUSALEM

PAR

Mlle C. DELORT.

AUCH

IMPRIMERIE ET LITHOGRAPHIE FÉLIX FOIX.

1861

A SŒUR GÉLAS,

SUPÉRIEURE

DE LA MAISON DE CHARITÉ

à BEYROUTH (Syrie).

MADAME LA SUPÉRIEURE,

Permettez-moi de vous dédier les souvenirs de mon pèlerinage à Jérusalem que je regarde comme les plus précieux de ma vie. Je n'ai pas oublié le bonheur que j'ai eu de vous connaître et de pouvoir apprécier ce que peut accomplir la volonté humaine avec l'aide de Dieu et la bienfaisance des âmes généreuses. Grâce à votre esprit intelligent et dévoué, vous avez su, en quelques années, créer et rendre digne de la France l'établissement de charité qui est un si grand bienfait pour Beyrouth.

Courage, donc, pour votre belle œuvre, qui, sous votre parfaite direction, ne peut que prospérer. A ce souhait, bien sincère, je joins l'hommage de ma très respectueuse affection.

CHAPITRE Ier

Installation à bord. — Départ de France.

CHAPITRE Ier.

En octobre 1859, j'eus le bonheur d'accomplir un pèlerinage à Jérusalem. En rendant compte de mes impressions, mon intention n'est pas d'écrire un ouvrage sur un sujet qui a été souvent traité et par des hommes de génie; Dieu me préservant d'une pareille prétention, je commence par confesser mon humiliation d'avoir appris que, de France surtout, on ne va pas en Terre-Sainte, cette patrie de l'âme, ce rayon lumineux qui doit attirer comme les phares sauveurs attirent les oiseaux des côtes. A quoi attribuer cette indifférence? Je ne puis me l'expliquer que par l'idée exagérée qu'on se fait, sans doute, des difficultés de ce voyage, difficultés qui n'existent pas en réalité, mais auxquelles notre insouciance s'arrête.

D'abord, la distance qui nous sépare des Lieux-Saints n'est pas un obstacle, grâce aux voies ferrées et aux bateaux à vapeur. Chose bizarre ! En France, la religion est honorée, le nom de Jérusalem trouve peu de gens insensibles aux grands souvenirs qui s'y rattachent; le nombre des pèlerins religieux qui vont visiter la cité de Dieu s'accroît même chaque année; cependant il n'en est pas ainsi dans notre société laïque ! Oui, l'Allemagne, l'Italie, la Russie, l'Angleterre y sont largement représentées par leurs nationaux riches et pauvres; la France n'y envoie que quelques membres du clergé et de temps à autre une caravane de la société de St-Vincent de Paul ! Quant aux dames françaises, s'il en vient quelquefois, c'est de loin en loin, j'étais la seconde de l'année, et, encore, n'ai-je pas osé demander s'il en est toujours ainsi de peur d'apprendre que ma personne pourrait passer pour un événement. Je voudrais donc que le récit simple et exact de mon voyage en Palestine contribuât à donner le désir de visiter cette terre des miracles dont le souvenir profond peut faire le charme de toute une vie par la sérénité de pensée et de conscience qu'on est sûr d'en rapporter. Mais si j'ai des lecteurs, qu'ils ne s'attendent pas à une description de la Palestine et de l'Orient; les itinéraires qui existent, et dont le nombre s'accroît chaque jour, ne me laisseraient rien à dire à ce sujet, rien du moins qui n'ait déjà été dit et mieux dit que je ne saurais le faire; toutefois, ces relations étendues font supposer des difficultés d'espace, de temps et de dépenses qui effraient l'imagination. Après les avoir lues, beaucoup de personnes hésitent devant deux considérations essentielles : d'abord, le temps qu'il faut consacrer à des excursions fatigantes qui, souvent, altèrent la santé; ensuite, les frais qu'un tel voyage occasionnent lorsqu'on veut tout voir et tout étudier; aussi, n'est-ce point un voyage d'exploration que j'ai fait, mais d'impression, et ce que je conseille, c'est un simple pèlerinage à Jérusalem, à Bethléem et à Nazareth, lieux accessibles aux fortunes les plus modestes et dont on est certain de revenir fortifié dans sa foi et dans ses espérances.

Si donc, l'heureuse idée d'aller en Terre-Sainte saisit votre cœur, ne jetez pas les yeux sur la carte, de crainte que l'éloignement vous fasse reculer;

partez pour Marseille et confiez-vous, hardiment, aux paquebots des messageries impériales qui possèdent tout le confortable nécessaire et où vous serez entouré des soins les plus empressés pendant la traversée qui est toujours heureuse quoique quelquefois un peu pénible. Les flots de la Méditerranée ne sont pas exempts de caprice; il arrive même parfois qu'ils grondent et menacent; mais ils s'en tiennent là, du moins avec les paquebots impériaux dont ils respectent la solidité parfaite et la bonne direction. Partez donc aussi tranquillement que s'il s'agissait pour vous d'aller de Paris à Rouen sur les bords riants et pacifiques de la Seine.

Est-ce à dire, pourtant, que l'émotion puisse être la même? Oh! non: lorsqu'on s'éloigne de la France, même avec l'espoir d'y revenir bientôt, si la Providence le permet, il est impossible de ne pas éprouver un serrement de cœur qui augmente à mesure qu'on s'éloigne de cette terre bénie qui doit être adorée après Dieu.

Les paquebots des messageries impériales partent, régulièrement, deux fois par mois de Marseille pour Alexandrie, et toujours le dimanche.

Un dimanche donc, après avoir entendu la messe, je m'embarquai; c'était pour la première fois
de ma vie que je me confiais à la mer, sans trop
savoir ce que me réservait sa bienveillance ou sa
colère. Je dois à la vérité de dire que la mer fut, en
partant, d'une gracieuseté parfaite, d'un calme à
peine troublé par les frémissements de la brise;
Mlle de Scudéri s'y serait promenée dans une co-
quille rose tendre attelée de deux cygnes.

Le bâtiment qui m'emporte possède deux cabines de première classe, réservées aux dames; chacune de ces cabines contient huit cadres dans lesquels, endormie ou éveillée, la plus belle moitié du
genre humain ne paraît nullement à son avantage.
Je suis seule, j'ai donc à ma disposition ce que ma
mauvaise étoile aurait pu me faire partager avec
huit personnes. J'augure bien de cette amabilité du
sort. Mon premier soin avant le départ du paquebot
est de procéder à mon installation; je m'arrange
de manière à n'avoir d'autre occupation que celle de
me coucher, si le malaise vient à me saisir.

Dans les premiers moments de la navigation,
toutes les physionomies sont à étudier; personne

ne se connaît, tout le monde se regarde, on se rend
généralement gracieux, ne voulant pas faire naître
de mauvais présages par la vue d'une figure attristée; mais la pensée qui domine tous ces visages divers est celle de savoir si on aura, oui ou non, le
mal de mer. Les regards qui se reportent de l'un à
l'autre ont plutôt pour objet de chercher une diver-
sion à ce qu'on éprouve soi-même que de satisfaire
un sentiment de curiosité : on veut se rassurer en
contemplant l'attitude calme et solide de son voisin.

Quoi qu'il en soit, je m'assieds sur le pont pour
jouir le plus longtemps possible de la vue des côtes;
malheureusement ce pont est fort encombré. Au
nombre des passagers qui habitent cette partie peu
confortable du navire, se trouvent soixante chevaux
destinés au vice-roi d'Egypte. Ces quadrupèdes sont
d'autant plus gênants qu'ils coupent le pont en deux
et réduisent l'emplacement destiné à la promenade.
Si, sous le rapport de l'espace, il y a avantage à
voyager sur un bâtiment à grandes dimensions,
d'un autre côté le transport des animaux est pour
les passagers un inconvénient qu'on n'a pas à redouter à bord des petits navires.

Le paquebot file bien et je suis contente de moi; mais, vers la fin de la journée, un léger roulis et un peu de malaise personnel m'annoncent que je dois prudemment descendre dans ma cabine où m'attendent les soins attentifs de la femme de chambre exclusivement affectée au service des dames. Cependant, comme il est encore grand jour, je ne veux pas prendre possession de mon cadre et je m'étends sur un canapé où je me trouve à merveille. Une fois l'équilibre rétabli et le trouble disparu, je me mets à examiner ma retraite. Elle est parfaitement dénuée d'ornements, mais éclairée par un large sabord qui permet à l'air de venir la rafraîchir et à la lumière de l'égayer si tant est qu'on puisse être gai lorsqu'on n'aperçoit devant soi que des couchettes superposées à deux pieds l'une de l'autre, une commode dont le dessus de marbre enchâsse deux cuvettes dans lesquelles se balancent, plus ou moins bruyamment, deux pots à eau que les jours de fort roulis on entoure de serviettes, afin d'éviter des chocs désastreux. Si la pensée ne franchissait pas cette prison, je crois qu'on deviendrait imbécile.

Sans commettre le péché de gourmandise, on

trouve une véritable consolation aux heures des repas, surtout lorsque rien ne s'oppose à ce qu'on en profite, et j'avoue que, sous ce rapport, je n'ai jamais fourni à notre maître d'hôtel l'occasion de faire des économies. Du reste, je dois ajouter que la table est toujours bien servie.

Singulière vie que celle du bord! elle se passe tout entière sur le pont, dans la cabine ou à table; et, cependant, le temps s'écoule sans rien faire, si ce n'est des réflexions; il m'est impossible de lire; je ne sais si le mouvement des vagues en est la cause, mais la pensée éprouve toujours le besoin de changer de place; puis, la lecture étant la pensée d'autrui, elle exige une certaine fixité de corps et d'esprit; d'ailleurs, elle fatigue, c'est du moins l'effet qu'elle produit sur moi, à bord s'entend. De plus, la causerie variée n'est pas toujours possible, attendu qu'il est rare de se trouver au complet.

Nous sommes peu nombreux en quittant Marseille, notre personnel de passagers se réduit à quelques prêtres se rendant à Jérusalem et à quelques missionnaires allant en Chine. C'est surtout le soir, après le dîner, que la réunion devient plus animée. Jusqu'à Malte, personne ne se plaint beaucoup ; pendant le jour on est en vue des côtes de la Corse, de la Sardaigne et de la Sicile ; il semble facultatif d'y aborder, si cette fantaisie vous prend ; mais il ne faudrait pas qu'elle vous prît, car les commandants sont inexorables, la ligne à suivre leur est tracée et les agents de la poste sont là pour empêcher qu'ils s'en écartent. Il n'est point impossible, dit-on, d'attendrir le lion du désert et la hyène des forêts, mais les agents de la poste, c'est autre chose. Les dépêches avant tout ; les agents qui les accompagnent et les distribuent sur toute la ligne suivie n'ont à s'occuper que de ces intéressantes missives ; elles ne doivent éprouver d'autre retard que celui que peut occasionner la tempête ou tout autre cas de force majeure. S'il survient un grand danger, périsse toute la population du bord, mais sauvez la correspondance ; alors, s'il faut quitter le bâtiment, l'agent des postes a droit au canot le plus solide, et si, malgré tous les efforts, ce canot chavire, l'agent est tenu de serrer sur son cœur le précieux dépôt ; son cadavre est-il retrouvé ce trésor entre les bras, on lui élève une statue.

2

CHAPITRE II.

Vie à bord. — La Corse. — La Sardaigne. — La Sicile.

CHAPITRE II.

Le lendemain de notre départ de Marseille, nous apercevons la Corse. Que de souvenirs elle vient éveiller! Avec la brise qui descend de ses montagnes on croit respirer l'indépendance pour laquelle ses habitants ont si longtemps combattu. Rome, disent les historiens, ne voulait pas de Corses, pour esclaves, tant elle trouvait difficile de les ployer au joug ; Rome ne rendit pas souvent un tel hommage au caractère des peuples qu'elle avait vaincus.

Et puis, pour peu qu'on sache l'histoire, fût-on une femme, que de noms illustres reviennent à la mémoire du voyageur qui aperçoit les rivages de la Corse! je ne puis m'empêcher de penser au sort de ce pauvre Sénèque qui, exilé en Corse par l'Empereur Claude, est rappelé à Rome après huit ans de proscription et de lamentations, pour faire l'éducation de Néron, triste élève qui devait un jour lui donner l'ordre de s'ouvrir les veines; pourquoi, aussi, ce grand philosophe, au lieu de s'en tenir aux belles choses qu'il écrivait dans sa retraite forcée, cède-t-il au besoin d'aller vivre au sein d'une cour ? Lorsqu'on a eu le malheur de naître sous le règne des Caligula, des Messaline, d'Agrippine, il faut se cacher afin de ne pas être appelé à élever des Néron.

La pensée franchissant les siècles s'empare du fameux Paoli, à qui moi, qui suis Française avant tout, je pourrais peut-être reprocher d'avoir protégé les Anglais au détriment de ma patrie, mais c'était par amour pour l'indépendance de son pays, je lui pardonne; d'ailleurs, voilà Ajaccio, patrie de Napoléon.

Salut, trois fois salut, Ajaccio! Heureuse terre, celle qui vit naître le plus grand génie des temps modernes, le héros de qui la gloire éclipse toutes les gloires. Bonaparte! avec lui apparaissent les noms impérissables de Toulon, Montebello, Arcole, Lodi, Marengo, Austerlitz, Wagram! Non, la gloire n'est pas un vain mot, comme le prétendent quelques philosophes; la vanité n'agite que l'esprit, la gloire remue le cœur et entraîne l'âme; et tout ce qui pénètre le cœur et l'âme n'est pas une chose vaine. Dès que Napoléon saisit ma pensée, la Corse, c'est lui; lui, c'est la France; aussi, ne puis-je détacher mes yeux du littoral de la Corse; je ne suis plus en mer, ma pensée est tout entière à cette époque étourdissante de joies et de douleurs, de succès immortels et de désastres aujourd'hui effacés, époque, hélas! où les mères ont bien pleuré! où les pères épiaient les bulletins de la guerre, et où les fils, en donnant leur sang à la France, mêlaient leur dernier soupir au cri de *vive l'Empereur !*

Mais pourquoi, devant Ajaccio, ne peut-on pas oublier Ste-Hélène ? Le cœur s'épanouit près d'Ajaccio; c'est le printemps dont l'air tiède apporte le parfum des fleurs nouvelles; tout est vert et jeune; Ste-Hélène, c'est l'air glacé dont le souffle agite la cime lugubre des cyprès. Quelles douleurs pour tant de génie ! quelle poignante expiation d'une renommée incomparable !

Hélas! la nuit vient me séparer d'Ajaccio. Le lendemain, à mon réveil, nous sommes dans les bouches de Bonifacio, entre la Corse et la Sardaigne. J'adresse à cette dernière un salut de la main, par pure politesse et aussi un peu par égard pour l'antiquité de son nom, s'il est vrai, comme le rapporte l'histoire, que ce nom lui vient directement de Sardus, fils d'Hercule, qui s'y établit avec une colonie de Lybiens. Quoi qu'il en soit de cette généalogie, moi qui ne sais rien des choses politiques, il me semble que cette île, se trouvant côte à côte avec la Corse, devrait nous appartenir. En attendant qu'elle soit française, je constate une de ses productions, fort singulière : c'est, assure-t-on, une herbe qui fait mourir de rire quand on en mange; mais cela dit, je tourne le dos à la Sardaigne pour fixer encore une fois mes regards sur la Corse; car c'est toujours la France.

Voici les côtes de la Sicile, l'ancien grenier de l'Italie. J'aperçois Marsala, dont les coteaux disputent, me dit-on, la supériorité à nos vins du Midi; est-ce une prétention ou un droit légitime ? Je me déclare incompétente et passe à autre chose.

Le paquebot file toujours, et les flots sont toujours bleus. Tout en marchant, je pense à l'Etna qui n'est pas visible, mais dont le voisinage réveille, naturellement, mes souvenirs d'écolière. Et, en effet, puisque je n'ai rien de mieux à faire, pourquoi ne penserais-je pas un peu à Vulcain et aux Cyclopes, à Pluton et à l'enlèvement de Proserpine, à toutes ces célébrités que la Sicile revendique comme son apanage mythologique ?

Soit dit en passant, je regrette que le massacre des Vêpres Siciliennes n'appartienne pas aussi aux temps fabuleux; je suis inquiète de l'attitude que prendra le roi d'Aragon Pierre III, lorsqu'il lui faudra rendre compte là-Haut de ses actions d'ici-bas; que son âme, en attendant, tâche de trouver une bonne excuse.

CHAPITRE III.

Malte. — Les Alexandrins. — Les Missionnaires. — l'Egypte.

CHAPITRE III.

Les côtes ont disparu depuis près de deux jours, et Malte, sur son rocher, se dessine dans la brume, nous y touchons le mercredi matin. L'aspect, quoique ce soit celui d'une ville fortifiée, en est charmant; Malte est si blanche au milieu de cette mer bleue qu'on dirait une mariée dans un reflet du ciel.

La station à Malte est de six heures : elle n'a d'autre objet que de s'approvisionner de charbon afin d'alimenter la machine. Cependant, je profite de ces six heures pour visiter l'intérieur de la ville dont le vrai nom est Lavalette, quoique, parmi les habitants, il ne soit jamais question que de Malte.

Les Anglais paraissent s'y trouver à merveille, mais je prétends que nous y serions encore mieux. Du reste, je me permets cette observation, parce que j'ai entendu dire que nos voisins ne possèdent, aujourd'hui, l'île de Malte que pour avoir, jadis, violé outrageusement je ne sais quel traité fait avec la France, le traité d'Amiens, je crois. Mais arrière la politique! quelques réminiscences historiques, voilà, tout au plus, ce qu'une touriste doit se permettre en pareille circonstance.

Malte, comme les îles ses voisines, avait traversé bien des dominations diverses, lorsque Charles-Quint la céda aux frères hospitaliers chassés de Rhodes par Soliman II. Ce fut alors que ces mêmes frères prirent le nom de chevaliers de Malte, ordre célèbre qui, dès cette époque, défendit la chrétienté contre les pirates barbaresques dont il devint, bientôt, la terreur. Son quarante-huitième Grand-Maître, Parisot de Lavalette, fonda la capitale de Malte et lui donna le nom qu'elle porte. En 1798, Bonaparte s'en empara pour s'y reposer, avant de s'élancer sur l'Egypte. Dès ce moment, l'ordre de Malte cessa d'exister; il en reste encore la croix

dont il est possible de se parer en justifiant de
deux cents ans de noblesse; mais, hélas! les révo-
lutions ont détruit tant de parchemins que peu
de gens abordent cet écueil de peur de s'y heurter.

Il faut faire un circuit pour entrer dans le port;
là, les batteries anglaises ont un air fort respectable, elles expriment suffisamment la haute
importance que les Anglais attachent à la conser-
vation de Malte. L'arrivée du bâtiment dans le
port attire une foule de gondoles qui viennent
l'accoster. Quelques-unes de ces barques sont char-
gées de musiciens qui donnent une sérénade aux
passagers, bien entendu pour leur imposer une
légère contribution. Cette harmonie ne me fait pas
oublier que le temps de la halte est limité; je déjeune à la hâte, une barque me reçoit, et, quelques
minutes après, me dépose au bas de l'escalier qui
conduit dans la ville, où règne une grande animation. Rien de plus varié et de plus pittoresque que
cette diversité de physionomies et de costumes; tout,
au milieu de cette population patronée par la riche
Angleterre, respire l'aisance, le confort et l'oubli

des tribulations de la vie; personne n'y paraît à plaindre, pas même les quelques mendiants qui vous demandent l'aumône plutôt comme un passe-temps que comme une nécessité.

Le seul monument remarquable de Malte est l'église St-Jean pavée d'admirables mosaïques représentant les armes des anciens chevaliers; c'est un travail superbe et unique; plusieurs morceaux de sculpture, fort beaux, sont disséminés dans l'église; l'un des plus appréciés est l'œuvre de notre illustre Pradier; elle représente la statue couchée du comte de Beaujolais. Mais parmi tous ces chefs-d'œuvre apparaît un spécimen de l'*humour* britannique qui m'amuse infiniment et que je regretterais, en vérité, de voir disparaître du globe; seulement cette *humour* m'eût, peut-être, fait hausser les épaules si je l'avais trouvée ailleurs que dans un temple consacré à la religion. Voici, du reste, de quoi il s'agit : A gauche de l'autel, sous un dais de belle couleur, tranchent les armes d'Angleterre avec la légende obligée, *Dieu et mon droit*. Ce mot droit paraît étrange dans la maison du Seigneur où, ce me semble, il ne peut être question d'autre droit que du Sien. Cet orgueil est presque comique, et ce besoin de constater la possession d'une église appartenant à la religion catholique, dont l'Angleterre est séparée, me paraît un des traits les plus caractéristiques de sa nature envahissante. Nous verrons ce qu'elle fera de son droit au jour du jugement dernier; j'espère bien qu'elle n'oubliera pas d'apporter avec elle l'écusson de l'église St-Jean, et je désire qu'avant la consommation des siècles il plaise à Dieu d'éclairer la grande Bretagne et de lui faire comprendre que, vis-à-vis de Lui, les hommes n'ont qu'un droit : celui de l'aimer et de le servir.

Je profite de ma course à travers Malte pour jeter un coup d'œil dans les jardins du palais des anciens Grands-Maîtres de Malte, palais habité aujourd'hui par M. le gouverneur anglais. La verdure y est fraîche; les fleurs y sont vivaces, et, sauf une malencontreuse citrouille dont le feuillage envahit une allée, il y a de l'harmonie dans tout cela. Le gardien du palais, la hallebarde au poing, et d'ailleurs en très beau costume, produit un bel effet.

Je veux essayer de tout voir dans le peu d'heures qui me restent. En quittant la magnifique église dont je viens de parler, je cours au second port où s'abrite l'escadre anglaise, qui est fort imposante; je remonte une rue dans laquelle presque chaque boutique renferme un bijoutier; je marchande quelques objets de filigrane d'argent qu'on m'offre à un prix plus élevé qu'à Paris où les Maltais les expédient, ce qui fait que je remets ma fantaisie jusqu'à mon retour en France; je me borne à acheter un bouquet de jolies fleurs que je compte faire durer jusqu'à Alexandrie, afin de donner un peu de vie parfumée à ma cabine. Je passe de nouveau devant l'ancien palais des Grands-Maîtres dont les armes décorent la façade, je leur souhaite de résister encore longtemps au ravage des siècles, et j'arrive hors des fossés de la ville, afin de donner un coup d'œil dans l'intérieur de l'île. Là, des voitures comme il ne s'en voit qu'à Malte, c'est-à-dire de hautes roues supportant la moitié d'une caisse de bois jaune ou vert s'offrent pour vous éviter une course à pied. Ma conscience m'ordonne de prévenir les voyageurs qui auraient la fantaisie d'essayer de ces horribles véhicules qu'on y est

secoué d'une affreuse manière et que c'est un
bonheur d'en sortir.

Après avoir contemplé quelques instants le sol sec
et une verdure jaunie et rare, il ne me reste plus
que le temps de regagner le navire, où la gondole
me ramène au plus vite.

L'heure du départ a sonné, on lève l'ancre, et,
bientôt, le port s'éloigne rapidement de notre vue;
j'admire l'effet charmant que l'île de Malte produit au soleil couchant, et pendant que je rassasie
mes yeux des effets superbes de ces tons splendides,
la nuit arrive, et nous courons, comme disent les
marins, le cap sur l'Egypte. C'est la phase mono-
tone de la traversée. Quatre jours entre le ciel et
l'eau ! pour ceux qui ont fait le voyage des Indes,
quatre jours à passer sans prendre terre ne signi-
fient absolument rien; ils en parlent et en rient
comme d'une promenade de Paris à St-Cloud;
mais pour ceux qui n'ont jamais navigué et que le
roulis et le mouvement de l'hélice clouent dans leur
cabine, il leur est bien permis d'éprouver un peu
d'impatience.

Il est rare que de Malte à Alexandrie la traversée

soit d'un calme parfait; le roulis y règne toujours
et souvent avec violence. Je me rends, cependant,
sur le pont et j'y reste assez de temps pour examiner
les nouveaux venus; c'est-à-dire, les voyageurs pris
à Malte, où la correspondance d'Italie les a amenés.
Tous vont à Alexandrie; trois ou quatre, seulement,
ont pris leur place dans la première classe; les
autres encombrent les secondes et les troisièmes;
tout ce monde, gêné par les chevaux, déborde,
bruyamment, sur le pont des premières qui devient
à peine tenable pour ses légitimes occupants. Les
Alexandrins, comme on dit à bord, passent, à bon
droit, pour être sans gêne, soit qu'ils oublient les
façons d'Europe, ou qu'ils ne les aient jamais con-
nues; il est des moments où l'on pourrait, sans trop
d'injustice, les prendre pour des originaux peu
discrets et médiocrement civilisés; c'est, du moins,
ce qu'on disait autour de moi. Je me suis trouvée
trop rarement en contact avec eux pour qu'il me
soit permis d'apprécier leurs bonnes ou mauvaises
manières, surtout en mer où une foule de petites tribulations affectent sérieusement les caractères. On
prétend, aussi, que leurs coudées, plus que franches,

proviennent généralement du capital que leur personne représente et qui les autorise à s'affranchir
des règles de la politesse; ces braves Alexandrins
pensent, sans doute, que l'argent remplace tout;
hélas! ils ont raison dans beaucoup d'occasions;
mais c'est selon les circonstances et les personnes
au milieu desquelles ils se trouvent.

Je cause avec le docteur du bord, qui est un
homme plein d'obligeance et d'aménité et qui me
donne sur Alexandrie les détails les plus intéressants;
mais notre entretien est interrompu par un chant
que les missionnaires font entendre : c'est une prière
latine, qu'ils répètent plusieurs fois de suite et toujours avec la même monotonie; aussi, ces bons
religieux ont-ils peu de succès. Le pont étant occupé
par des gens de toutes les religions, leur latin crispe
les Grecs et les Juifs; on s'entretient, tout bas, d'un
avertissement à donner le lendemain aux missionnaires s'ils recommencent à psalmodier leurs chants.

Quel dommage que les hommes ne puissent pas
s'entendre en fait de chants religieux comme ils
s'entendent sur une partition d'opéra ! S'il s'était agi
d'un air du *Trovatore* ou de la *Lucie*, tout le monde

aurait applaudi et peut-être fait chorus. Pour les
choses sérieuses, l'impatience et la lutte; pour les
choses frivoles, l'accord et l'enthousiasme; ce fut
toujours ainsi. Espérons que le jour du bon sens
arrivera. Sur ce bel espoir, je salue les étoiles et je
vais retrouver ma cabine.

J'ai dormi, mais je me réveille fatiguée, brisée; le
roulis a été très violent pendant la nuit, et le mouvement de l'hélice détraque la machine humaine;
aussi, je ne quitte pas ma cabine pour aller déjeuner, je reste sur mon canapé; je regarde quelquefois par le sabord, plus la moindre côte où reposer
mes yeux; le ciel et l'eau, voilà tout ce qui s'offre
à la vue. Pendant que j'interroge l'horizon, un incident, peu agréable il est vrai, vient rompre la monotonie de la journée. Une odeur infecte de tabac
m'oblige à fermer la porte de ma cabine laissée ouverte pour établir un courant d'air d'autant plus
nécessaire qu'il fait encore très chaud. J'appelle la
femme de chambre, je lui demande d'où viennent
cette odeur et cette fumée irritantes. La pauvre
femme me répond que ce sont les Alexandrins qui
jouent et fument dans le salon ; or, le règlement

défend expressément de s'y permettre cette distraction; aux heures des repas, le salon devient salle à
manger, et toutes les portes des cabines s'ouvrent
sur cette salle. D'après mes réclamations, le maître
d'hôtel est chargé de rappeler les Alexandrins au
respect du règlement, mais il n'a pas de succès, le
docteur s'en mêle et réussit. Peu s'en est fallu que le
commandant n'ait été obligé d'interposer son autorité
pour faire cesser cet abus. Mais aussi pourquoi l'administration ne fait-elle pas afficher dans le salon
même la défense de le transformer en fumoir ? Alors
chacun saurait à quoi s'en tenir, cela éviterait des
plaintes toujours très désagréables pour ceux qui
sont obligés de les faire entendre, pour ceux qui en
sont l'objet, et pour le personnel officiel du bâtiment qui doit justice à tous. La vie de salon n'est
pas la science de tout le monde; l'homme le plus
honnête et le meilleur peut ignorer complètement
les usages de la bonne compagnie. Ce n'étaient
donc pas les Alexandrins qui étaient coupables de
la contravention que je viens de signaler; c'était un
oubli de l'administration, mais un oubli qui, per-
mettant à l'odeur âcre et suffocante du tabac de se

combiner avec l'odeur de la machine et le malaise causé par la mer, rendait l'existence du bord véritablement insupportable. Du reste, les Alexandrins une fois prévenus, il n'y eut plus à y revenir, et le soir, je m'endormis sans éprouver le remords de les avoir troublés, mais non sans avoir vu s'accomplir le petit complot, ourdi la veille, contre la vocalisation des pauvres missionnaires; ils reprirent leur chant latin, sans le moindre progrès musical ! Après la première stance, un cor de chasse se met à sonner un formidable halali; l'avertissement fut compris et le chant latin enterré une fois pour toutes.

Encore un jour à passer sur l'onde amère comme dirait un poète classique, mais le temps est calme et rien ne s'oppose à ce que j'assiste et fasse honneur au déjeuner. La conversation est vive et soutenue. Il est question d'un homme dont le nom m'est inconnu et qui repose depuis plusieurs années dans une tombe ignorée. On vante les airs de grand seigneur que ce personnage étalait de son vivant, le luxe de sa maison orientale, ses levrettes; ses armes étaient sur les portes de ses appartements, tout, disait-on, respirait chez lui l'aisance et même la richesse; il trouvait des âmes charitables qui l'aidaient à supporter les ennuis de l'exil, car la patrie lui était interdite; on lui faisait son whist, je crois même sa bouillote. J'éprouve presque de l'attendrissement croyant qu'il s'agit d'un exilé politique, lorsque mon voisin de table se penche vers moi pour me dire le vrai nom du noble exilé; je n'en crois pas mes oreilles. Quoi! un homme chassé de son pays parce qu'il a été pris trichant au jeu étalait un tel luxe avec l'argent qu'il recevait de sa famille! et après le retentissement qu'avait eu son infamie, il osait encore toucher à une carte! Si les honnêtes gens le voulaient bien, de pareils scandales ne se produiraient jamais; les hommes honorables qui fréquentaient le salon de ce malheureux, par égard pour son nom, auraient dû lui conseiller une vie obscure et repentante; lui intimer l'ordre de cacher ses armes dont il n'était plus digne. Il faut que le vice, armorié ou non, sache qu'il ne trouvera jamais grâce devant les hommes loyaux; le repentir seul de l'homme déshonoré peut diminuer leur mépris.

Enfin, huit jours se sont écoulés depuis le départ

4

de Marseille, lorsqu'Alexandrie nous apparaît. Quelle joie! plus de roulis, plus d'hélice, plus de cabine! mais avant d'être en possession de cette jouissance, il nous faut passer la nuit en vue du port sans y entrer, attendu que le soleil une fois couché la passe est impitoyablement interdite. Le mouvement de l'hélice est tellement amoindri qu'avec un peu de bonne volonté on peut se croire dans le port. Le phare projette une vive clarté qui me retient quelque temps sur le pont, mais le sommeil prend le dessus, et je vais m'endormir dans la douce pensée que, demain, mes pieds fouleront la vieille terre des Pharaons.

CHAPITRE IV.

Alexandrie. — Colonne de Pompée. — Saïd-Pacha.— Départ d'Alexandrie.

CHAPITRE IV.

Je n'ai pas besoin de réveille-matin pour quitter mon cadre; dès l'aube, le pilote vient se charger de la direction du bâtiment; le passage est étroit et dangereux, le port d'Alexandrie est défendu par une ceinture de roches perfides. A ce moment, il est éclairé par un soleil levant radieux, la quantité de navires à l'abri donne beaucoup de vie à ces parages.

Alexandrie s'étend à l'aise sur le bord de la mer qu'elle semble regarder d'un œil satisfait; elle est tout à plat et se dessine sur le ciel; la moindre colline ne lui prête pas ses ondulations pour rompre l'uniformité de ses lignes abaissées.

Je jugeai prudent, avant d'aller à terre, de lais-

ser le paquebot se débarrasser de tous les passagers alexandrins et des chevaux; toutes les barques
accourues s'en emparent promptement. Lorsque le
calme renaît, je me mets sous la protection de l'o-
bligeant docteur du bord pour jeter un coup d'œil
dans la ville. A peine sommes-nous à terre qu'une
foule d'Arabes nous entoure pour nous offrir, qui
une voiture, qui des ânes, afin de nous transporter
dans notre pérégrination dans la ville et au dehors; j'étais si heureuse de sentir cette bonne terre
sous mes pieds que je veux me donner la jouissance d'une longue promenade. Tant bien que
mal, en italien, nous fesons comprendre à notre
désagréable entourage que nous n'avons pas besoin
de ses services; beaucoup nous laissent, les plus
persévérants continuent à nous importuner; alors
il faut parler ce langage clair et positif avec lequel
on pourrait faire le tour de l'Orient en toute tranquillité; ce langage, sans dictionnaire, paraît sous
la forme d'une cravache dans les mains du docteur;
ce discours coloré, quoique peu fleuri, fait merveille;
la liberté nous revient et nous voilà en route pour
la colonne de Pompée. Nous coudoyons, dans les

rues, une quantité de gens très laids; il est matin, et c'est le moment de l'arrivée des provisions. Tout ce monde me paraît créé pour le bonheur des mouches; à chaque pas on rencontre des hommes, des femmes et des enfants avec des plaies par ci, par là, que les mouches s'approprient sans que l'homme, ou la femme, ou l'enfant s'en inquiète; on est tenté de les aborder un chasse-mouches à la main pour les débarrasser de ce supplice que, du reste, ils paraissent supporter le plus indifféremment du monde.

Que dire d'Alexandrie, de cette ville qui vit la grandeur et l'abaissement de la belle Cléopâtre? hélas! elle est peu attrayante; la population y est borgne quand elle n'est pas aveugle; les rues sont des foyers d'infection. Quelques embellissements ont transformé la place des consuls, et les constructions annoncent que l'intelligence européenne s'en est mêlée; mais rien n'est beau. Les quelques jardins, qu'il faut aller chercher, sont gris de poussière jusqu'à ce que les pluies d'automne viennent leur rendre un peu de verdeur.

Les faubourgs sont peuplés d'une race d'hommes et de femmes qu'on serait tenté de surnommer les quadrupèdes humains en raison de leur vie d'écurie mal tenue; rien n'est plus hideux à voir que cette population de Fellas; une saleté repoussante règne dans leurs cahuttes d'argile, et beaucoup d'entr'elles sont creusées sous terre; leurs animaux sont de la famille; bêtes et gens font table commune. Les ruelles tracées dans ce cloaque sont tellement immondes que des pieds, chaussés de sabots, reculeraient épouvantés.

En peu de temps, nous sommes hors des faubourgs de la ville, presque dans la campagne et dans la poussière jusqu'à la cheville. Notre pas est vif, la journée s'annonce chaude, et nous voulons être de retour avant midi; nous longeons des jardins, peu agréables à voir, de hauts palmiers-dattiers, mais tout est sec et poussiéreux, on meurt de soif à les regarder. Enfin, nous atteignons la route plantée qui mène à la colonne; l'arrosement public y fait ses fonctions au moment où nous passons; il faut être bien disposé pour en paraître satisfait. Figurez-vous un tonneau de petite dimension déversant quelques gouttes d'eau d'une façon inégale.

Deux bœufs attelés à ce tonneau s'arrêtent souvent
pour je ne sais quelle idée de leur conducteur; l'eau
se répand au même endroit pendant ce temps d'ar-
rêt et humecte à peine la poussière, lorsque l'équi-
page reprend sa course. J'en fais mes réflexions à
mon compagnon qui m'affirme qu'en Egypte tout
marche à peu près dans ce genre-là; puisque c'est
un fait et comme une loi générale, il faut en prendre son parti.

Tout en causant, nous arrivons à cette fameuse
colonne de Pompée; le tour en est vite fait. On
peut s'assurer qu'un de ces jours elle tombera sur
le flanc; son soubassement est creusé, et, malgré
quelques soutiens, elle ne paraît pas devoir se
maintenir aussi longtemps qu'elle a su se conserver. J'emporte comme souvenir un morceau de
granit, et je m'en retourne à bord pour y retrouver
l'ombre. J'ai assez de ma promenade pour ce
jour-là.

Le lendemain, je ne me sens nullement disposée
à aller voir le canal de Mahmoudied et les aiguilles
de Cléopâtre; je dois revenir dans une saison plus
fraîche, et je remets cette course à mon retour:

je ne balance même pas pour prendre cette déter-
mination, d'autant mieux que le temps est d'une
lourdeur excessive, et que cette promenade au
canal n'offre rien de séduisant. D'ailleurs, ma longue excursion de la veille m'a complètement remise
du roulis de Malte à Alexandrie; j'ai donc tout le
loisir, pendant cette journée, de repasser, sans fatigue dans ma tête, les fortunes et infortunes de
cette ville d'Alexandre le Grand, qui en jeta les
premiers fondements, il y aura bientôt 2,400 ans.

Alexandrie devait être la première ville du monde, la domination romaine en fit la seconde. De
toutes ses splendeurs, il ne reste que le souvenir
et des vestiges ensevelis sous la nouvelle ville; cet
antique rendez-vous des sciences et des lettres s'est
perdu sous l'empire des musulmans. Le commerce
s'en est emparé! Adieu donc les lettres; les fameuses bibliothèques incendiées par les ordres du calife
Omar ne renaîtront plus de leurs cendres.

L'idée fixe qui occupe aujourd'hui la population
pensante et agissante d'Alexandrie est le percement
de l'isthme de Suez : c'est la question vitale et unique à laquelle je ne m'arrête pas, n'ayant au-

cune compétence sur cette grande œuvre; puis, les souvenirs de l'antiquité m'absorbent, ma mémoire s'empare de la vie de Cléopâtre, cette reine sans dignité. Ainsi, cette même terre l'avait vue activant les préparatifs de la flotte qu'elle voulait conduire vers les côtes de l'Epire devant Actium et diriger en personne. Le départ dut être fort beau : cinq cents vaisseaux commandés par une belle reine; mais hélas! quel retour et quelle fin! Ombres de Cléopâtre et d'Antoine, reposez en paix si vous le pouvez.

Cléopâtre, Antoine, Actium, l'aspic, les figues, tout cela passe, se succède devant mes yeux et m'endort jusqu'au lendemain.

Ce lendemain est arrivé, c'est le jour de départ, l'hélice reprend son tremblement; le pilote s'empare de la direction du navire, et la passe franchie, il saute légèrement dans sa barque et salue en nous criant, en français : bon voyage; son visage paraît si heureux en nous lançant ce bon souhait que tout le monde y croit.

On quitte donc Alexandrie sans avoir envie de la revoir; cependant, il faut emporter le récit du

faste du vice-roi, ce qui est plus beau que la ville.
Saïd-Pacha est rempli d'imagination : ses fantaisies
sont toujours fort chères et très répétées; mais peu
lui importe : il est le plus riche de tous les souverains, sa liste civile est énorme, et il y fait honneur. Et le travail de ses heureux sujets est activé
à coups de corde.

CHAPITRE V.

CHAPITRE V.

L'Egypte disparaît; aucun incident jusqu'à Jaffa, si ce n'est un roulis terrible qui disloque tout pendant la nuit; on entend une foule d'objets qui tombent, le sommeil est impossible. Nous laissons derrière nous les bouches du Nil; pendant deux jours, nous sommes entre le ciel et l'eau, et onze jours après le départ de France nous jetons l'ancre devant Jaffa. Là, quantité de barques, conduites par des hommes parlant autant l'arabe que l'italien, viennent accoster le bateau pour y prendre les passagers et leurs bagages; il ne faut pas perdre de vue ces derniers; en Orient le vol, au préjudice des chrétiens, n'est pas, je crois, un cas de conscience : c'est un simple mauvais tour.

Avant d'entrer à Jaffa on doit subir la douane qui, moyennant une légère rétribution, est remplie d'aménité et fait semblant d'ouvrir une caisse quelconque. A quelques pas de la douane se trouve la maison hospitalière de Terre-Sainte.

La vue de Jaffa annonce tout à fait l'Orient; elle est placée en amphithéâtre et regarde la mer. L'intérieur de la ville est horrible; mais ce n'est pas une de ces belles horreurs qui méritent l'honneur de la description : je la supprime. En fait de rues, je n'y ai vu que des escaliers fort noirs, fort raides et fort sales. Jaffa est l'ancienne Joppé, souvent mentionnée dans l'Ecriture. L'hôte de St-Pierre, Simon le corroyeur, y demeura. On dit que c'est à Joppé que Noé construisit l'arche. Jonas partit de Joppé pour Taresis; St-Pierre y vint pour rendre la vie à cette femme charitable qui s'appelait Tabitha et dont la maison existe encore; on me dit qu'elle n'offre rien de curieux, et il est permis de douter de son authenticité.

L'histoire des temps fabuleux et héroïques prétend, à son tour, qu'Andromède fut enchaînée aux rochers de la côte et que Persée vint y délivrer cette

malheureuse princesse; ce rocher se trouve au sud
et à un quart d'heure de la ville. Dans des temps
tout aussi héroïques et pas le moins du monde
fabuleux, le drapeau français flotta sur Jaffa;
Bonaparte y avait conduit sa glorieuse armée.

C'est à compter de Jaffa que commencent les
étapes de couvent à couvent; l'hospitalité gratuite
est accordée dans chacun d'eux pendant un mois.
Il est rare d'en profiter aussi longtemps. Du reste,
il serait honteux de partir sans laisser une offrande
qui compense, au moins, les frais qu'on a pu occasionner; et cependant, le croirait-on, des voyageurs
aisés profitent, quelquefois, de cette hospitalité sans
donner une obole; et personne n'ignore que la
charité, seule, soutient ces maisons si précieuses
pour les pèlerins.

A Jaffa, je trouve des amis et compagnons de
voyage qui doivent me protéger dans mon pèlerinage, et qui, de Beyrouth, sont venus m'attendre
pour mettre à mon service leur bonne et aimable
obligeance. Sans perdre de temps au milieu des in-
digènes qui encombrent la porte de la douane, je
me laisse conduire au couvent, et après avoir confié

au moine portier les quelques bagages qu'il range dans une espèce de salle, dont il garde la clé, je me dirige vers un escalier qui se présente devant moi: je crois que c'est celui qui mène aux cellules destinées aux voyageurs; mais je me sens tirer par ma manche; il est interdit aux dames de franchir ce pas : c'est le côté du couvent réservé aux moines et aux voyageurs hommes. Il faut reprendre la rue, et à quelques pas un escalier, d'au moins cinquante marches, très hautes et, pour ainsi dire, dans l'obscurité, fait arriver aux cellules des dames. Il était presque nuit, et quoique peu fatiguée, je prends, avec plaisir, possession de mon lit; cette fois ce n'est plus un cadre. L'inspection de ma cellule est vite achevée : la chambre, spacieuse, contenait deux lits garnis de leur moustiquière, meuble de gaze indispensable en Orient; deux canapés-divans, une table ronde, recouverte d'un tapis rouge, supportait une carafe d'eau, un verre, un encrier et une plume; un lavabo près de la fenêtre, un fauteuil et quelques chaises complétaient l'ameublement peu luxueux, mais suffisant et surtout très propre. Nous avions une lettre de recommandation du supérieur de Beyrouth, ce qui nous valut, je pense, des attentions particulières.

Le lendemain, avant le déjeuner, je vais sur la terrasse qui en domine deux ou trois autres; la ville, elle-même, domine la mer qui, dans ces parages, est d'une bizarrerie sans pareille; il n'y a pas plus de port à Jaffa que sur toute la côte de Syrie, qui est hérissée de rochers à fleur d'eau; aussi les commandants de navire sont-ils sur le qui vive à toutes les stations, et ils restent sous vapeur toujours prêts à partir, si la houle devient trop turbulente; mais c'est surtout devant Jaffa que le flot est le plus capricieux! il arrive, quelquefois, en hiver et au printemps, que les paquebots ne peuvent déposer la correspondance qu'ils sont obligés, alors, de remettre un autre bateau de retour, venant de Beyrouth.

L'heure du déjeuner me tire de ma contemplation. Nous ne descendons pas au réfectoire, on nous fait la gracieuseté de nous servir dans la petite salle qui sépare les deux cellules des dames. Pour les personnes qui s'attendraient à un repas de Lucullus, je crois devoir leur en donner la composition, afin de leur enlever cette illusion.

D'abord, le couvert est fort propre. Après un potage qui me parait très bon, on nous sert de la volaille bouillie, des œufs, un plat de viande, du poisson et du dessert. A peu de chose près, cette nourriture se représente dans toutes les stations; seulement elle est un peu variée par du rôti, un entremets et de la salade. Le café est de fondation.

Il ne faut pas s'attendre à un confortable impossible, on peut très bien se contenter de ce qui est offert, et il n'est pas défendu d'y ajouter ce qu'on veut. Je donnerai même un conseil que les personnes robustes dédaigneront, peut-être, mais qui ne sera pas inutile à celles qui ne le sont pas; c'est de se munir de vin et d'une caisse de conserves.

Le vin de ces contrées n'est pas à boire, ou c'est du vin goudronné venant de Chypre, ou du vin du pays, que, sans exagération, on peut appeler vinaigre. Puis les conserves viennent pallier la nourriture de chaque jour. Je signale, en passant, que l'huile est détestable. Prendre donc quelques précautions est, pour un grand nombre, essentiel; on peut, ainsi, accomplir le pèlerinage sans risquer d'être atteint par la fièvre; j'ai vu une caravane de prêtres décimée par ce fléau. Ces messieurs avaient fait durer leur séjour en Palestine six semaines; la nourriture peu variée et le manque de vin étaient les seules causes de leur maladie. Un grand tort, aussi, st de trop prolonger ce pèlerinage qui n'a pas beoin d'être si long pour qu'on en garde une impresion plus durable; la fatigue, au contraire, ne peut ue la diminuer; les souffrances du corps gênent le entiment; mieux vaut se dispenser de voir des lieux ont l'authenticité est contestable que de compro-ettre, par lassitude, la grande impression des ieux dont l'authenticité est incontestée.

Ceci dit, je dois ajouter que les moines sont très erviables, mais ne vous attendez pas à les entenre parler français; ils sont Italiens et savent à eine quelques mots de notre langue; cependant, Jaffa, le moine qui s'occupait de nous la parlait ssez clairement. C'est à compter de Jaffa qu'il aut se préparer au saint pèlerinage. Les moines onnent tous les détails possibles et les indications our louer les chevaux, un moucre et même un uide-drogman, c'est-à-dire interprète. Le moucre st un homme spécial sur qui repose la tranquillité du voyage; il doit s'occuper des montures, veiller aux soins à leur donner. Généralement, c'est un homme intelligent. Si on est seul ou deux pour voyager, pour plus de sûreté, il est bon de se joindre à d'autres voyageurs qu'il est rare de ne pas rencontrer dans les couvents. Sans doute, depuis que quelques précautions ont été prises contre les voleurs par le gouvernement turc, on peut espérer de ne courir aucun danger, surtout avec un bon révolver; mais même avec cet excellent défenseur, il est préférable d'être cinq ou six; un voyage sans inquiétude a double charme.

Enfin, les préparatifs s'exécutent, les chevaux sont prêts, les bagages chargés; nous prenons congé des moines, et nous sommes bientôt à cheval. Je m'étais munie d'une selle à l'anglaise. Sans cette précaution, j'eusse été fort embarrassée; car il eût été impossible de s'en procurer une à Jaffa. Un détail aussi que je veux donner, c'est qu'à compter de là, il faut calculer la dépense sur le pied de quinze francs par jour au maximum, y compris le louage des chevaux, leur nourriture, la rétribution du moucre et l'offrande au couvent. Les loueurs font payer d'avance la location de leurs chevaux; il est bon encore de retenir une faible somme pour l'éventualité des brides et sangles qui se cassent, qu'ils donnent comme très solides et qu'on est obligé de faire raccommoder en route; s'il n'y a pas de retenue à faire, à la fin du voyage, le moucre reçoit ce qui reste dû. Il est facultatif de faire un arrangement avec un entrepreneur qui se charge de tous les détails, mais je crois que, dans cette condition, le voyage est moins agréable, on n'est pas aussi libre. Pour bien des personnes, ce moyen paraît un grand débarras; pour d'autres, c'est fort ennuyeux; c'est donc une affaire de choix.

Je me méfie, en le montant, de l'allure de mon cheval, mais l'Arabe qui m'aide dans mon ascension m'affirme, en italien, que cet animal est une perfection, et alors je n'ai plus de doute sur toutes les déceptions qu'il me fera subir. Après quelque rumeur pour nous dégager d'une caravane de chameaux qui obstrue la rue du bas de la ville, nous atteignons la porte de sortie, après avoir traversé le bazar dans lequel je n'aperçois rien à mon goût.

Adieu donc à Jaffa, et lorsque la porte est dépassée, une certaine satisfaction s'empare de l'esprit;
on abandonne cette triste ville, se promettant bien
d'en oublier toutes les imperfections; d'ailleurs, le
moment des impressions approche !

En laissant Jaffa, à cinq minutes de la porte de
la ville, je vois une place très bien plantée de grands
et beaux arbres près d'une jolie fontaine de genre
moresque. Ces ombrages sont disposés comme les
salles de danse en plein air dans nos villages. Je
repose, avec plaisir, ma vue sur les jardins d'orangers et grenadiers, seul ornement de la ville du côté
de la plaine et qui, en automne, sont rajeunis par
quelques pluies vivifiantes. Les figuiers de Barba-
rie bordent le chemin de haies formidables que les
boulets de canon seuls oseraient se permettre de
traverser. La première halte depuis Jaffa se fait à
trois heures de marche du pas d'un cheval. Les
distances se comptent ainsi dans ces contrées. Pendant trois heures nous chevauchons dans une route
qui a un caractère particulier; le paysage n'est pas
grandiose mais il est calme, étendu, et a pour fond
à l'est les montagnes de Judée; la plaine est fertile

et cultivée, mais elle n'est pas animée; je vois, cependant, dans le lointain, quelques troupeaux de chèvres; sans eux, ce serait le désert.

CHAPITRE VI.

CHAPITRE VI.

Avant de quitter le couvent, un pèlerin nous avait demandé la permission de se joindre à nous; il voyageait seul et n'était pas fâché de faire partie de notre petite caravane; nous sommes trois, un domestique nous accompagne; le moucre, une fois hors de la ville, commence, avant d'aller plus loin, par ôter ses babouches pour ne pas les user et s'en parer à Jérusalem. Ces gens-là sont vêtus de la robe des anciens Juifs; ils marchent toujours nu-pieds et sont infatigables. Quant à ma monture, je ne m'étais pas trompée : elle avance à peine, elle est incapable de trot, et son pas est nul, elle doit descendre en droite ligne, de *la fleur des coursiers d'Ibérie*, sans arriver cependant à l'unique tour de

force de ce coursier célèbre qui, dit l'histoire, ga-
lopa une fois dans sa vie. Le pèlerin inconnu parait aussi mal monté que moi, et comme les infortunes se recherchent, nous marchons côte à côte,
laissant mes compagnons, mieux montés, nous
devancer. La route que nous suivons est en plaine;
mais la pluie tombée récemment a creusé de petits gouffres qu'il faut éviter à chaque instant. Le
soin de choisir le bon chemin m'éloigne peu à peu
du pèlerin et il reste en arrière; mais, à un moment
donné, ne l'entendant plus, je tourne la tête, pré-
cisément à l'instant où son cheval mettant un pied
de derrière dans un des petits gouffres, lui fait perdre l'équilibre; je l'aperçois donc, la jambe gauche en l'air menaçant le ciel, et la main droite
cherchant un point d'appui à l'aide d'un grand pa-
rasol blanc et ouvert qui se brise en touchant la
terre. Comme c'est le seul malheur de l'aventure,
je m'en amuse, et le passage des trous terminé la
conversation devient plus animée.

Nous dépassons bientôt l'immense tombeau aux
neuf dômes du prophète Gad, laissant à notre gauche un village entouré de jardins; une fontaine

appelée *la Fontaine des Platanes* et une fraîche
verdure invitent au repos; rien n'est oublié près de
ce bienfaisant tombeau; un petit vase noir est à la
disposition du voyageur pour puiser de l'eau dans
le bassin de marbre qui la contient. En ces pays
éloignés, les morts seuls vous valent de pareilles
jouissances : sans ce tombeau nous n'aurions pas
trouvé une goutte d'eau pendant trois heures. Il est
donc à désirer que les gens de cœur se fassent enterrer sur des routes désertes, puisqu'on sait leur
créer tout le confortable possible dont profitent les
vivants altérés et fatigués. En quittant cette agréable halte, nous chevauchons dans la plaine de Sa-
ron renommée pour sa fertilité; je constate à ma
droite un village qui ne mérite pas un autre souvenir.

L'incident même de la chute du pèlerin inconnu
avait complété notre connaissance, et je ne suis
pas longtemps à savoir que mon nouveau compagnon est Autrichien et occupe un poste officiel
à Chypre; l'esprit et le cœur encore tout rem-
plis de la rentrée triomphante à Paris de l'armée
victorieuse d'Italie, et cette merveilleuse campagne

m'ayant enthousiasmée, je voudrais pouvoir en dire
un mot, et puis, il est si bon de parler des siens
quand mille lieues en séparent. Plus je sais l'Autriche près de moi, et plus, par un sentiment de dé-
licatesse, je veux me taire; mais aussi, Magenta et
Solferino m'excitent au point que j'ai toutes les
peines du monde à garder le silence. Ce brave pèlerin est un homme de très bonne compagnie, de
bon sens, et, de lui-même, il aborde le sujet de la
fin de la guerre; je lui sais gré de me donner la
liberté d'exalter enfin nos chères victoires, et pour
que la pilule ne lui soit pas trop amère, je lui fais
compliment sur la belle résistance de ses compatriotes, résistance qui avait doublé notre gloire. Il
s'étendit assez longtemps sur les canons rayés; je
m'y attendais, quand les hommes ne veulent pas
insister, outre mesure, sur la *furia* irrésistible de
leurs ennemis, ils vantent la justesse de leurs canons. C'est une consolation trop naturelle pour
que je la désapprouve, et le plaisir de pouvoir cau-
ser de nos victoires entre le ciel et le sable sur la
route de Jérusalem m'aurait fait accorder que les
canons rayés, sans les canonniers, avaient, à eux

seuls, gagné la bataille, une pareille obligeance
n'engageant à rien.

Une caravane de chameaux vient interrompre
notre conversation guerrière et changer le cours
de mes idées; le sable, le soleil, les chameaux,
leurs conducteurs, apportent à mes souvenirs la
chanson du chamelier dans l'opéra de l'*Enfant prodigue*, et, tout aussitôt, je me mets à chanter cette
strophe :

Ah! dans l'Arabie,
Quel heureux métier,
Quelle douce vie
Mène un chamelier.
Il franchit l'espace,
Rapide comme le vent,
Sans laisser de trace
Au sable brûlant.

L'air en est charmant et donne bien l'idée du
désert, mais pour ce qui regarde le chamelier, n'en
croyez pas un mot, je vous prie, le métier n'est
nullement heureux; si l'homme fatigué par la marche grimpe sur sa bête, par un mouvement saccadé
et continu ses genoux sont en contact perpétuel
avec son menton, et s'il franchissait l'espace aussi

rapidement qu'il est dit dans la chanson, il serait
brisé, et sa vie serait très rudement secouée au lieu
d'être douce. Aussi, arrêtez-vous à la musique,
parce qu'elle est bien imitative, mais ne croyez
pas un mot des paroles, s'il vous plaît. Ceci bien
constaté, j'examine de droite et de gauche si quelque chose de nouveau surgit à l'horizon, mais rien
n'est survenu, la plaine à perte de vue et une fois
la caravane de chameaux dépassée, rien ne vient
plus l'animer.

Longtemps avant d'arriver à Ramlé ou Rama,
l'ancienne Arimathie, on l'aperçoit déjà et je dois
dire que l'impression est charmante. Au moment
où nous l'atteignons, il est quatre heures du soir, un
orage violent s'est formé dans la montagne, toute
la chaîne est d'un bleu ardoisé, sillonné par la fou-
dre; le soleil couchant éclaire encore **Ramlé** d'un
de ses derniers rayons et l'offre aux regards, blanche comme un cygne au milieu d'une fraîche verdure; puis quelques palmiers s'élevant avec majesté
complètent ce délicieux paysage. Nous sommes
obligés de rompre notre contemplation pour acti-
ver nos montures; quelques larges gouttes de pluie

nous indiquent, avec obligeance, qu'il faut preste-
ment recourir à un abri; en quelques minutes le
couvent hospitalier ouvre ses portes et c'est, surtout, au milieu d'un orage d'Orient qu'on peut
apprécier le bonheur de rencontrer, dans un pays
dont on ignore la langue et dont les habitants sont
peu empressés à secourir ce qui ne s'incline pas
devant Mahomet, un toit hospitalier qui reçoit les
voyageurs avec les habitudes européennes. Oh! que
ceux qui partent sans laisser une offrande à ces
maisons mériteraient bien de subir un orage d'O-
rient après leur départ; chrétiennement, je ne puis
pas le souhaiter, mais si pareille trombe leur arrive je ne puis les plaindre.

En courant à l'abri nous laissons à notre gauche le chemin qui mène à Lydda qui vit le martyr
de St-Georges et le miracle de St-Pierre guérissant
Enée le paralytique.

Entrés dans le couvent, nous sommes sauvés; il
nous paraît deux fois plus agréable par la pluie que
nous entendons tomber. Ma cellule contient deux
lits, mais comme en octobre il n'y a pas foule de
pèlerines, je m'y trouve seule, de même qu'à Jaffa.

La pluie ayant cessé et la nuit n'étant pas encore
venue, je veux, avant le dîner, donner un coup
d'œil à Ramlé. Ce qui m'avait charmée tout en
courant à l'abri, était une petite maison attenante
à deux murailles, assez hautes, qui paraissent dé-
fendre un jardin d'où s'élève un palmier; puis une
tour carrée à toit pointu et entourée d'un balcon
complète le point agréable de cette habitation; le
tout est si blanc et en si bon état qu'on aimerait à
s'en trouver propriétaire pour y passer l'époque des
grandes chaleurs; il doit y faire frais; cette tour me
produit l'effet de celle d'où *ma sœur Anne* ne
voyait rien venir et d'où elle n'apercevait que la
poussière qui poudroie et l'herbe qui verdoie. La
plaine de Ramlé est faite pour ce conte.

Je dois en finir avec ma visite dans le village,
car j'entends la cloche du dîner qu'on nous sert
dans ma chambre et je n'oublierai pas qu'un pilau
aussi parfait que copieux vient parer à la déception
que nous cause une salade des plus appétissantes,
mais assaisonnée avec l'huile du pays; pour nous
elle n'est pas mangeable, nous sommes aux regrets
d'avoir oublié de prévenir qu'on nous donnât cette

salade sans huile; nous en avons porté d'excellente;
nous faisons pénitence, il n'y a pas de mal; et la
salade manquée ne vient pas troubler mes rêves de
la nuit.

Rien n'oblige à demeurer longtemps à Ramlé qui
n'offre pas grand chose de particulier, si ce n'est la
tour élevée, au temps des croisades, à la mémoire
des quarante martyrs morts pour la foi chrétienne
en Arménie. A Ramlé, naquit Joseph qui alla ré-
clamer à Pilate le corps de Jésus pour l'ensevelir.
Rarement on passe plus d'une nuit à Ramlé, pressé
qu'on est d'arriver à Jérusalem dont huit heures de
marche vous séparent. Je ne conseillerai jamais,
dans ces sortes d'excursions, d'aller autrement
qu'au pas; cependant plusieurs endroits du chemin
permettent le trot et le galop, mais je déclare impossible d'être en contemplation avec la préoccu-
pation de sa monture; il faut du calme au corps
pour que l'esprit reçoive une impression.

Après une nuit de bon repos, à Ramlé, il faut se
mettre en selle avant le jour; l'étape est longue
jusqu'à Jérusalem, elle doit être faite avant le coucher du soleil; les portes de la ville sainte ne s'ou-

vrent plus dès que le soleil a disparu de l'horizon.
Il faut marcher huit heures et faire deux haltes
d'une heure chacune pour ne pas éprouver trop de
fatigue.

Bien nous en prit de nous lever avant le jour;
au moment de partir, le moucre, qui ne sait pas son
métier, n'est encore qu'à la moitié du chargement
des bagages, et à sa maladresse il paraît promettre
de nous tenir là une grande demi-heure; nous l'ex-
citons assez pour voir arriver la fin des préparatifs.

L'aube n'a pas encore paru; le pèlerin autrichien
nous trouvant, probablement, trop pressés de partir avant le jour n'est plus des nôtres, il préfère se
joindre à une caravane de quatre ou cinq Italiens
qui avaient passé la nuit au couvent et dont le départ n'était pas aussi matinal.

Adieu donc à Ramlé.

CHAPITRE VII.

CHAPITRE VII.

Voici encore la plaine, l'alouette y abonde et annonce, par son joli chant, le lever du soleil; quelques gazelles s'aperçoivent sans qu'on puisse les atteindre, un chacal déjeune près d'une haie, d'un animal mort.

Les montagnes de Judée, que nous allons retrouver, sont toujours devant nous; une ligne qui, peu à peu, se dore derrière leurs cimes ne met plus en doute l'arrivée du soleil et il fait grand jour lorsqu'on m'indique l'endroit propice aux attaques contre les voyageurs. Un ravin peu éloigné se cache à notre droite, les environs paraissent jouir d'une tranquillité parfaite, je n'ai pas même le plaisir de la moindre émotion; puis, je me sens déjà atteinte par l'approche de la Terre-Sainte.

La musique d'Auber a disparu de mon souvenir ; à deux heures et demie de Ramlé, nous laissons à gauche Kébab, village de quelques maisons : rien d'intéressant ne s'y rencontre, l'oubli l'attend dès qu'il est dépassé.

La plaine se développe toujours sur une grande étendue et semble très fertile. Les incidents de voyage ne sont plus à rechercher dans cette vaste plaine déserte ; à moins de l'arrivée d'une trombe, on ne peut s'attendre à quelque événement exceptionnel. Cependant, je m'aperçois que je marche seule ; mes amis ne sont plus près de moi : je sais bientôt le motif de cet abandon.

A un demi-kilomètre, je vois mes compagnons groupés au bas d'une petite côte qui est une simple ondulation du terrain ; ayant changé de cheval à Ramlé, je fais prendre le trot à mon nouveau coursier et, en quelques instants, je me rends compte de cette station forcée. Notre moucre, qui est un moucre manqué, avait si mal sanglé le cheval aux bagages et si mal surveillé sa besogne, qu'à peine arrivé au bas de l'ondulation du terrain, caisse de vin, caisse de conserves, petites malles et sacs de nuit, le tout se prélasse, en désordre, sur la terre d'Israël. Par bonheur, rien n'est brisé, mais tout est à recharger ; ce n'est pas une petite affaire ; enfin, après trois quarts d'heure, nous reprenons notre course. Pendant cet incident, la caravane d'Italiens, augmentée de mon compagnon de la veille, nous dépasse en nous saluant. Le moucre de ces messieurs, qui est un vrai moucre, donne au nôtre un coup de main qui est d'un grand secours ; et nous voilà repartis.

Rien sur la route ne venant plus attirer mon attention, je me contente de penser aux guerres perpétuelles des Philistins et de Samson, ce nouvel Hercule qui ne sut pas garder son secret ; ces champs si calmes ont retenti de bien des clameurs ; aujourd'hui on n'y entend même pas le murmure de ce ruisseau qui serpente à notre droite, il est à sec, mais une bordure de joncs en indique les contours.

Sans autre encombre, nous arrivons donc à la fin de cette plaine longue et large coupée seulement, depuis Ramlé, par le mouvement de terrain témoin de la culbute de nos bagages.

Enfin, voici la montagne. Grâce à la promesse

faite par le sultan de venir à Jérusalem, les ponts
et chaussées du pays se sont mis en frais d'arrangement du chemin. Le sultan n'est pas venu et la
route est restée bonne, qualité qu'elle ne possédait
pas auparavant. La végétation est peu luxuriante
dans la montagne, le manque d'eau en est la cause;
je n'ai pas vu le moindre ruisseau sur toute la
route, et je ne compte pas comme bon à boire ce
liquide d'eau verdâtre retenu dans deux cloaques
entourés de pierres et appelés *puits de Job;* ils se
trouvent à droite avant d'entrer dans la montagne;
c'est à peu près, me dit-on, à moitié chemin de
Jaffa à Jérusalem. Pour notre déjeuner et celui de
nos montures, nous n'aurions trouvé d'eau potable
qu'après quatre heures et demie de marche dans
un village nommé Abou-Gosch, nom qu'il tient
d'un de ses anciens sheiks, et qui domine une vallée assez étendue en longueur.

Notre intention, toutefois, n'est pas d'aller jusqu'à ce village pour déjeuner, mes compagnons
savent qu'une heure avant d'y arriver une station
est possible dans la montagne; c'est donc en perspective de cette halte que nous activons le pas de

nos chevaux; le soleil d'octobre est encore chaud
sans être insupportable; mais encaissé, il acquiert
plus de force; une heure après notre entrée dans
la montagne, nous arrivons à ce bienheureux lieu
de repos qu'avoisine un petit vignoble très resserré.
Un ombrage de beaux chênes abrite une citerne
légèrement défoncée et probablement un tombeau;
mais l'eau que l'hiver y prodigue n'y est plus, soit
que la détérioration de la citerne ne la conserve
pas, ou que les passants de l'été l'aient épuisée.
Nous ne pouvons en trouver une seule goutte et
force nous est de retarder notre premier repos
d'une heure en essayant d'atteindre Abou-Gosch
au plus vite. Chemin faisant nous rencontrons la
caravane d'Italiens; ces Messieurs ont fait halte
près d'un très petit village au milieu d'une culture
d'oliviers dont le feuillage laisse tamiser le soleil
et ne donne pas de fraîcheur; nous avons presqu'envie de nous y arrêter aussi; mais le peu d'eau
à y prendre étant saumâtre et, probablement, malsaine, nous faisons de l'absolutisme avec nos esto-
macs en leur imposant silence, et une heure après,
nous sommes à Abou-Gosch. Cette résolution fut

une inspiration : les oliviers et l'eau saumâtre n'auraient amené aucun incident, Abou-Gosch nous
en fournit un.

En entrant dans le village qui s'échelonne sur
une colline, nous laissons à notre droite une église
abandonnée, mais bien conservée, qui remonte
aux croisades et qui porte le nom de St-Jérémie;
j'y entrai pour en visiter l'intérieur que je trouvai
très irrespectueusement habité par des bêtes à
cornes.

Les habitants d'Abou-Gosch avaient pris, autrefois, l'habitude, qu'ils trouvaient fort douce,
d'arrêter les voyageurs et de leur faire payer un
droit de passage; cet abus n'existe plus, mais on
a eu de la peine à le détruire chez des gens que
cette coutume charmait. Donc, grande halte à
Abou-Gosch, c'est-à-dire le village des raisins; il y
existe une fontaine abondante d'eau excellente, une
place commode pour déjeuner; un immense mûrier
prête, gratuitement, son ombrage; mais à peine
l'installation y est-elle faite que les oisifs du
pays arrivent lentement, pour s'asseoir autour
de nous, à distance respectueuse, en fumant

leurs pipes. En quelques minutes, trente paires d'yeux nous regardent et ont l'air de faire un examen approfondi de la méthode avec laquelle l'Europe porte ses aliments à sa bouche. La fourchette doit leur paraître du superflu, attendu qu'ils prennent leur nourriture avec les doigts. Après cette leçon de civilisation qu'ils ne mettront jamais à profit, ils vous voient partir avec indifférence; la seule chose qui puisse les faire sortir de leur impassibilité, c'est l'examen des armes qu'on porte avec soi. Le révolver d'un de mes compagnons excite leur curiosité; il en est tiré plusieurs coups, et je crois lire sur leur physionomie le désir extrême de le posséder : l'idée de pouvoir tuer six ou sept ennemis avec une promptitude qui leur est inconnue doit les séduire singulièrement.

Le chef de l'endroit avait été fort prévenant; dès notre arrivée, il fit étendre sous le mûrier des nattes sur lesquelles nous prenons place à la manière turque, autour d'un excellent pâté apporté de Beyrouth et arrosé de bon vin; quelques conserves sont ouvertes et du raisin délicieux, acheté dans le village, fait notre dessert. Dans toutes les vallées, un coin est réservé aux figuiers et à la vigne qui donne des raisins parfaits.

Le tout est expédié vivement sous les yeux des curieux qui nous entourent. Je remarquai un de ces hommes comme paraissant être d'une race diffé- rente; ses yeux étaient bleu clair, sa barbe blonde approchait du roux; son teint quoiqu'un peu ba- sané avait de la fraîcheur. On aurait pu le croire Anglais.

Il me tarde d'avoir terminé mon repas pour quit- ter ma position turque qui est peu commode, et pour me reposer je vais m'appuyer sur le petit mur qui entoure l'immense mûrier. Ce changement de place fit tourner sur eux-mêmes les Arabes qui me fesaient face et qui ne m'avaient pas perdue de vue un instant pendant le repas; ils exécutèrent ce mouvement sans bruit et sans échanger une syllabe; il est évident que je les intéresse plus que mes compagnons; j'en suis amusée sans en être flattée.

L'heure de quitter Abou-Gosch arrive, nous et nos montures sommes reposés, désaltéres et très alertes pour continuer notre voyage; à trois quarts d'heure du village, on m'indique à droite un point assez élevé et isolé sur lequel s'élevait Modin, la patrie des Macchabées; pas une ruine ne vient l'attester; plus à l'est, on me fait voir une seconde crête de colline sur laquelle se trouvait le village d'Emmaüs où les disciples de Jésus le rencontrèrent après sa résurrection. Le chemin ne permet plus que nous marchions de front, ce qui nous oblige au silence. Le mouvement de la vie, pendant ce trajet, nous apparaît sous la forme de quatre ou cinq chameaux conduits par deux hommes; ils obstruent la route, nous leur disons : gare; aussitôt les hommes de presser leurs bêtes et les bêtes, trop peu dociles de résister; les chameliers les bourrent alors pour les faire aller plus vite, ils finissent par jurer en turc, les chameaux comprennent et nous passons. Le paysage est peu varié : dans les vallées fort resserrées, la culture de l'olivier y est soignée et le peu de terre végétalé de la montagne, à certains endroits, produit du grain; les sillons forment des gradins; de loin en loin on aperçoit sur le sommet d'une colline une tour d'observation qui servait aux époques reculées, mais qui n'a plus d'emploi au temps actuel.

Après des montées fort raides et des pentes très
rapides, après avoir laissé à notre droite une fontaine creusée dans le rocher, nous arrivons au torrent de Cédron. Que le mot torrent ne vous fasse
pas croire à de l'eau, Dieu vous garde d'une pareille
erreur; il y a un pont de pierre, c'est vrai; à droite et
à gauche de ce pont, de beaux fourrés d'orangers
et de citronniers d'un vert superbe annoncent un
terrain humide, mais l'eau du torrent est remplacée,
jusqu'à l'hiver, par des pierres. On prétend, même,
que David vint prendre à cet endroit les cailloux
avec lesquels il tua le géant Goliath. S'il y avait
autant de pierres à cette époque qu'à celle-ci, je
puis affirmer qu'il a dû éprouver l'embarras du
choix. Avant de passer sur le pont qui traverse le
torrent, nous allons voir de près les ruines d'une
église au pied de la montagne sur les flancs de
laquelle s'échelonnent les tristes maisons d'un pauvre village; on prétend que cette église fut bâtie
pour consacrer la place même où Goliath fut tué;
que ce soit vrai ou faux, il n'y a pas de mal à y
croire. Une fois le torrent franchi, nous entrons en
Terre Sainte, et un peu plus d'une heure nous sépare

de Jérusalem. C'est là que commence la désolation.
Les ardeurs de l'été ont dévoré le peu de verdure
qui est une charité que Dieu veut bien faire au printemps, probablement en l'honneur des fêtes de
Pâques. Aussi, à ne considérer que l'effet de l'émotion, je préfère le pèlerinage en automne. Malgré
l'aridité du sol, le printemps le couvre de fleurs
et atténue, par cette animation momentanée, l'aspect désolé de ces montagnes qui deviennent la
preuve palpable de la prophétie accomplie. En automne, l'aridité a repris ses droits : tout respire la
malédiction; il semble, à chaque détour du chemin,
qu'Ashavérus le juif, qu'on dit toujours errant, va
paraître pour compléter l'impression par sa lassitude attristée. Tout est d'un calme profond dans
cette route, l'allouette la fuit; cette morne solitude
imposerait silence à ses chants; la gazelle ne s'y
hasarde pas; où trouverait-elle de l'eau pour étan-
cher sa soif après ses courses rapides? On est saisi
du besoin immense de rester en soi-même, on ne
peut plus échanger une parole, on est dans la
crainte que la voix humaine vienne s'interposer
entre la voix de Dieu qu'on semble attendre. Mys-

tère inexplicable qui n'est pas dans l'imagination mais dans le cœur.

A mesure que nous avançons, le mouvement, pour ce qui est de l'homme, renaît : On rencontre des gens occupés, les uns à casser des pierres, les autres à les extraire; la montagne est en cela d'une richesse immense. La vue découvre la ville sainte avant de l'avoir atteinte. Placée sur une colline, je la salue du cœur, je la salue de la voix. Le moment solennel où on arrive à Jérusalem est un souvenir pour toute la vie. Quel nom magique! l'homme peut-il vivre assez longtemps pour comprendre combien ce nom renferme de douleurs et de joies qui ne sont pas de ce monde! Plus on approche de Jérusalem et plus les idées se choquent au point de ne pouvoir plus être exprimées; la pensée anéantit la parole comme le sentiment absorbe la pensée.

La ville sainte, comme toutes les villes fortifiées, a un air rangé; les murailles crénelées qui l'entourent sont en très bon état, et plusieurs des portes de la ville, surtout celle de Damas, sont d'un beau style. Après ce premier coup d'œil sur lequel on ne revient plus, on va se reposer au couvent de Terre Sainte, appelé *Casa Nuova*.

Je ne voulais pas en finir aussi vite avec ma première impression : comme j'ai du temps devant moi avant le coucher du soleil, et que je ne suis pas fatiguée, je descends de cheval pour m'asseoir un peu à l'écart, pendant que mes compagnons se donnent la distraction de fumer une cigarette. Je commence par me tâter, pour m'assurer que c'est bien moi, simple mortelle, arrivant de Paris pour accomplir un vieux rêve qui me trouve sur la terre du Christ, à quelques pas, pour ainsi dire, de son Calvaire.

Que de souvenirs devant ces hautes murailles ! que de sang français arrosa jadis cette terre maudite ; peut-être, à la place que j'occupe, quelque âme bienheureuse de mon pays a quitté ce monde ayant, elle aussi, accompli son douloureux sacrifice pour la gloire du Fils de Dieu. Tous les héros de la Jérusalem délivrée passent devant ma pensée ; je vois le vieux Raymond renversé et expirant, le vaillant Godefroi de Bouillon donnant de l'ardeur aux siens du geste et de la voix. Je crois le voir en-

trer triomphant dans le temple, comme le chante le
Le Tasse : « Pour y suspendre ses armes, et, plein
de dévotion, adorer la tombe sacrée où il accomplit
son vœu. »

> *E qui l'arme sospende e qui devoto,*
> *Il gran sepulcro adoro e scioglie il voto.* »

Si on était à Jérusalem autrement qu'en passant,
on occuperait peut-être légèrement sa pensée par le
souvenir de Clorinde, d'Herminie, d'Armide et
tutte quante, de ces belles séductrices qui fesaient
perdre un peu trop de temps à leurs admirateurs;
mais en pèlerinage, le sérieux seul doit occuper
l'esprit; aussi, ma pensée s'en tient à Godefroi et
met de côté les épisodes amoureux de ses lieute-
nants.

Je quitte le souvenir de l'histoire en même temps
que mes amis terminent leurs cigarettes. Quelques
minutes nous suffisent pour arriver à la maison hospitalière. Elle est dans une rue très étroite. La porte
franchie, un corridor mène dans le réfectoire; là,
on se présente, on se nomme, on exhibe ses lettres
de recommandation si on en possède; puis, le moine

servant apporte des rafraîchissements avant de
faire monter les pèlerins dans les cellules. Je re-
commande un sirop de limon que fabriquent les
moines à Jérusalem, il est délicieux. On le serre
dans une petite armoire à gauche dans le réfectoire,
près de la fenêtre. Ce détail indique que ce sirop
n'est pas pour tout le monde, les privilégiés, seuls,
font ouvrir la petite armoire.

CHAPITRE VIII.

CHAPITRE VIII.

Je prends possession de ma cellule éclairée par une étroite fenêtre grillée donnant sur la rue. La première chose que je fais est de lire un imprimé italien collé derrière la porte; c'est de la poésie qui promet aux femmes l'enfer et toutes ses flammes si elles ne rompent pas avec Satan, et, pour ne pas se méprendre, Satan est représenté sous la forme des soirées, des bals et des amours (Traduction littérale). Tout cela ne s'adressant pas à moi, je n'en éprouve aucune inquiétude. J'aurais bien voulu savoir si pareil épouvantail était affiché dans les cellules des hommes; ce serait de toute justice, mais je ne puis obtenir cette confidence.

Il est bon d'être prévenu que, si on n'est pas

accompagné d'un domestique, il faut faire son lit soi-même; l'eau est à la disposition de chacun. Le service des moines ne dépasse pas la table; cependant, au besoin, on pourrait se faire rendre quelques services par un garçon de cuisine qui n'est pas moine.

Au lieu de prendre nos repas chez un de nous, nous descendons au réfectoire, cela est plus gai pour tous et moins fatigant pour le moine de service; puis l'usage établi est la réunion à la table commune; c'est par considération toute particulière pour un de mes amis qu'on eût dérogé à l'habitude. Le couvent a très bon air; douze places sont préparées, deux lampes Carcel, montées sur leur pied, éclairent un potage très appétissant qui est suivi de mets presque semblables à ceux de Jaffa et de Ramlé, seulement un peu plus variés. A Jérusalem, les moines font d'excellents gâteaux que j'ai appréciés aussi bien que le sirop de limon pendant mon séjour; et puisque les moines les font si bons et qu'ils paraissent satisfaits lorsqu'on leur en fait compliment, ce souvenir ne peut pas être un péché de gourmandise.

J'ai tout le temps, pendant ce repas, d'examiner les visages présents. Nous sommes au complet; la caravane que nous avons laissée à la source saumâtre a pris place à table; mais soit fatigue, soit retenue, il n'y eut pas de conversation; le souper venant après huit heures de course à cheval absorbe toutes les facultés. Je ne veille pas tard, et presque en sortant de table je monte à ma cellule, je contemple, avant d'éteindre ma lampe, la recommandation italienne exhortant à éviter l'enfer en fuyant les trois choses déjà nommées.

Le lendemain, au réveil, le premier élan m'entraine vers le St-Sépulcre. C'est la première aspiration dès qu'on entre dans Jérusalem; les yeux ont besoin de se repaître des Lieux Sacrés où le divin Maître fut déposé dans la tombe après son sublime sacrifice.

L'église du St-Sépulcre, fondée par les soins de Ste Hélène, n'offre rien de remarquable dans l'architecture; la coupole cependant en est belle et domine les bâtiments de la ville; elle renferme, réunis, les Lieux Saints que se sont partagés les différents rites chrétiens. Les Grecs occupent la plus grande place. Les Latins y sont modestement restreints. En allant au St-Sépulcre, je suis une partie de la voie douloureuse ou, du moins, celle qui est supposée avoir été parcourue par Jésus; quelques indications se remarquent, mais il faut vraiment être doué d'une sensibilité particulière pour éprouver, en dépit du souvenir, de l'émotion dans cette voie mal pavée et où viennent se heurter bêtes et gens.

Pour pénétrer dans la cour de l'église, il faut passer, ou plutôt se baisser, sous une porte qui n'a pas la hauteur d'un homme; le milieu de cette cour est occupé pendant les heures de l'ouverture du St-Sépulcre, par des marchands de chapelets et d'objets de nacre; c'est une des principales branches de commerce à Jérusalem. La grande porte de l'église est flanquée d'une grande tour carrée qui fait partie du couvent des moines franciscains; une seule porte donne accès dans le couvent et elle se trouve dans l'église même. Le seuil de la porte dépassé, je laisse à ma gauche quatre Musulmans fumant gravement leur pipe; la présence de ces sentinelles constate que les Turcs sont bien chez eux, mais non sans qu'ils nous permettent la jouissance du pèlerinage. Je me trouve, en entrant, en face de la pierre d'Onction sur laquelle fut embaumé le corps de Jésus par son disciple, Joseph d'Arimathie, et Nicodéme; je franchis un espace un peu obscur pour arriver à la tombe de N.-S. Elle est en marbre, une porte très basse permet d'y pénétrer, et de la demi-obscurité où je suis, je me trouve tout à coup dans un jour éblouissant de lumières; un autel repose sur la tombe même, il est orné de tableaux de sainteté et de fleurs. Une quantité de lampes d'une grande richesse, surtout celles qui ont été données par les Arméniens, jette une vive clarté. Les rites latin, grec, arménien, abyssinien, Cophte, s'y trouvent représentés par les dons qu'ils y ont apportés. L'espace est tellement resserré que, tout au plus, trois personnes peuvent tenir devant l'autel où les Grecs et les Latins officient, tous les matins, chacun à son tour. On a représenté la tombe de N.-S. fermée par une pierre brisée au milieu pour rappeler celle qui recouvrit Jésus et qui se fendit lors de sa résurrection; derrière la sainte tombe, deux autels des plus modestes sont desservis par les Cophtes et les Abyssiniens.

Je quitte le tombeau et je me dirige vers la chapelle des Latins, appellée de la Flagellation; elle est
un peu obscure; les ornements, en boiserie sculptée,
sont d'un style sévère; à la droite de l'autel, le
moine qui avait l'obligeance de nous accompagner
me fait voir la colonne de la flagellation à laquelle
Jésus fut attaché. Je visite dans un souterrain les
tombes vides de la famille de St-Nicodême qui of-
frit sa sépulture pour y déposer le corps de Jésus.
En quittant ces caveaux, j'entre dans la chapelle
des Grecs qui possèdent l'espace le plus considé-
ble; les ornements sont de la plus grande richesse,
mais, à mon avis, de mauvais goût; cette chapelle
est vaste et bien éclairée, le milieu est occupé par
une sphère pour indiquer, selon les Grecs, le cen-
tre de la terre.

Un autel a été consacré au souvenir de l'apparition de Jésus, après sa résurrection, à Marie-Ma-
deleine pour la consoler. Dans une des chapelles
fermées, on voit un bloc de marbre sur lequel Jésus,
revêtu des insignes de la royauté, fut insulté par
les soldats qui tirèrent au sort sa tunique. Il existe,
aussi, une chapelle qui consacre l'endroit où N.-S.

fut enfermé pendant les préparatifs de son supplice.

Avant de nous rendre au Calvaire qu'il faut garder pour dernière impression, je descends quelques marches ; elles mènent dans une chapelle qui indique la place où fut découverte, par Ste-Hélène, la croix sur laquelle souffrit N.-S. Je remonte, ensuite, pour visiter les tombeaux, très délaissés, de Godefroi de Bouillon et de son frère Baudoin. Je jette un regard sur la fissure du rocher qu'on dit avoir été faite par le tremblement de terre qui annonça le dernier cri du Sauveur et la rédemption accordée aux humains. Puis, je me dirige vers le Calvaire ; dix-neuf marches y conduisent. Les autels réservés aux Latins et aux Grecs sont ornés de tableaux et de superbes candélabres ; les richesses des Grecs dominent toujours celles des Latins. L'autel de droite est celui du crucifiement ; l'emplacement de la croix sur laquelle Jésus rendit son dernier soupir se distingue par un rond d'argent percé à jour d'où s'échappe une odeur d'encens.

Généralement, on regrette la profusion d'ornements de l'église du St-Sépulcre ; le Calvaire serait préférable sans pavage et sans flambeaux : l'impression en serait doublée. Les personnes qui ne sont pas au fait des détails du St-Sépulcre sont toujours étonnées lorsqu'elles apprennent que les Lieux Saints sont abrités par une coupole et transformés par une architecture qui en détruit l'ensemble; tout le monde s'attend à un Calvaire en plein air, sans ornement que la croix; ou, du moins, le Golgotha à l'abri des injures du temps sans que des autels couverts de richesses soient venus en changer les plans.

C'est au Calvaire que l'émotion du cœur devient palpitante; la voix reste muette, dans la contemplation de ce lieu de souffrance; le cœur se gonfle à la pensée des douleurs endurées par l'Homme-Dieu pour l'homme de la terre; mais la joie atteint l'âme à la pensée qu'en adorant la doctrine divine du Christ, tout devient consolation, espérance. Sur le Calvaire, recueillez-vous, fermez les yeux pour que rien ne vienne distraire votre sentiment de l'aspiration divine. La pensée voit Jésus sur la croix; le cœur entend ses plaintes; l'âme est à ses pieds à la droite de Dieu. C'est une impression qui résiste au temps.

Le souvenir de cette impression, que je pourrais appeler surnaturelle, peut devenir le bonheur de toute la vie si on est vraiment croyant ; on garde le sentiment inaltérable de l'œuvre divine du Christ, le désir ardent d'aimer et de suivre sa doctrine, non-seulement par devoir et par amour pour sa gloire, mais par reconnaissance pour son douloureux sacrifice. Avec ces pensées qui détachent de la terre, tout en priant pour les hommes, quittez le Calvaire pour aller respirer hors des murs de Jérusalem cet air que Jésus lui-même respira ; éloignez-vous du mouvement humain, prenez des sentiers solitaires où la méditation puisse ne pas rencontrer d'entrave ; plus la solitude vous entoure, moins le monde terrestre existe : c'est alors que le cœur devient accessible à cette divine aspiration.

Tout ce qui environne Jérusalem est fait pour la méditation ; isolement et désolation ; mais malgré cette attristante perspective, ou pour mieux dire à cause d'elle, c'est un bonheur indicible de fouler cette terre qui paraît conserver encore l'empreinte des pas du Christ ; on croit voir resplendir cette lumineuse figure que les angoisses de la mort

doivent atteindre, mais que la vie éternelle ne doit
pas quitter; le souvenir des amertumes de ce monde
s'efface pour faire place à une béatitude qui porte
au détachement des choses de la terre où trop
souvent le vice vient attrister le cœur. Malgré soi,
la pensée quitte, par moments, Dieu pour revenir à
l'homme sans foi dont l'ingratitude ne peut être
comparée qu'à l'obstination avec laquelle il marche,
volontairement, à côté de la vérité. Il proclamera
la doctrine chrétienne sublime, mais il s'en éloignera;
la pratique de ses vertus le gêne, et, cependant, il
reconnaît que dans ces vertus, seules, se trouvent
la régénération de l'homme et l'extinction du vice;
le beau chemin lui est tout tracé, mais son indocilité
préfère l'ornière dans laquelle chaque pas peut
devenir une chute; le douloureux sacrifice de Jésus
le trouvera insensible, il ne se recueillera même pas
le jour anniversaire de cette glorieuse mort,
qu'aucun dévoûment ne peut égaler. Mais qu'un
événement flattant ses idées politiques arrive, il est
ardent, dévoué; il saura, aux anniversaires d'une ré-
volution, patienter des heures pour déposer une
couronne sur la tombe de ceux qui se sont fait tuer

sans savoir, la moitié du temps, pour qui et encore moins pour quoi, il n'aura pas assez de force de poumons pour acclamer la liberté qu'il n'arrive jamais à définir; et il ne veut pas voir que dans la doctrine de Jésus se trouve la vraie liberté, car elle enchaîne les passions qui sont l'entraînement de l'homme vers le mal, et c'est le mal qui oblige à la répression vigoureuse; si l'homme veut s'y soustraire, qu'il vive, donc, en chrétien, qu'il pense à celui qui a offert sa vie pour nous racheter du péché et scellé de son sang la doctrine parfaite qui doit nous régénérer par l'obéissance aux préceptes qu'elle renferme, sa charité est immense et le pardon est toujours à côté du repentir. Mais l'homme sans croyance est d'une irréflexion constante, il se moque du tribunal de Dieu où sa volonté seule le mène, où il n'entend que pardon pour ses fautes, et il tremble devant le tribunal des hommes où il est conduit de force et où il ne rencontre que punition, repentir ou non; la justice de Dieu ne lui cause pas d'émotion, mais celle des hommes le tourmente et l'inquiète; il ne veut pas réfléchir que sa soumission à l'un le délivre des rigueurs de l'autre. En vérité,

10

il y a des jours qui donnent la tentation de croire qu'une partie de l'espèce humaine est folle et que par goût elle veut être battue. L'orgueil de l'homme se révolte contre le repentir quoiqu'il tienne au pardon; il serait heureux de sentir sa conscience dégagée, mais il ne veut pas désapprouver entièrement ses fautes. Heureux celui qui peut surmonter cette faiblesse; alors, il est sauvé. Dès que le repentir étreint le cœur, l'âme est sur la voie de la purification qui mène à Dieu; c'est alors que l'homme éprouve ce bien-être et cette vraie liberté, car il ne veut que le bien pour la gloire de Dieu par la régénération de sa créature.

On quitte, avec peine, les sentiers solitaires de Jérusalem, non pas qu'on y laisse la pensée du Christ, oh! non, elle est plus enracinée que jamais; la méditation donne plus de force à la dévotion: on se croit meilleur. Peut-être n'en est-il rien; mais on peut affirmer que, plus que jamais, on subirait la mort pour la sublime croyance qui est l'anéantissement du mal et le triomphe de la perfection. Quel bonheur serait réservé aux hommes s'ils voulaient s'élever à aimer le bien qui donne les vraies jouissances refusées au mal. Le mal cause des déceptions et laisse dans l'esprit un souvenir lugubre semblable aux traces d'un incendie; le bien, c'est le calme du cœur et la sérénité de l'âme. Que les hommes aiment donc le Christ, modèle de toutes les vertus, tout le bonheur de cette vie est là; qui dit Christ trouve consolation, confiance, espérance et force d'âme pour supporter les maux de cette terre, maux bien doux si on les compare aux souffrances volontaires du Sauveur pour le bonheur du genre humain.

Le soleil va disparaître de l'horizon, les portes de Jérusalem vont se fermer, il faut quitter, sans lui dire adieu, la méditation de l'âme; il faut laisser les promenades silencieuses; la pensée avait abandonné la terre; il faut redescendre, peu à peu, des régions élevées et, malgré soi, convenir qu'on fait encore partie de l'espèce humaine jusqu'à nouvel ordre. Me retrouvant sur la terre, je ne puis m'empêcher de donner un souvenir à Ary Scheffer. Selon moi, personne en peinture n'a imprimé, comme lui, au Christ cette attitude divinement poétique; lui seul a eu la révélation de ce visage rayonnant de divinité et sublime de résignation, quand il subit l'outrage des hommes. De même, en quittant le Calvaire, ma pensée s'est reportée sur Moralès, surnommé le divin; il a eu, aussi, la révélation de cette tête ruisselante de sang, de sueur et couronnée d'épines. Le génie de l'art ne suffit pas pour atteindre cette nature élevée, le sentiment révélateur seul a pu imprimer un sceau divin.

Cette première journée bien employée, je retourne à Casa Nuova et je me repose avant l'heure du dîner qui sonne à huit heures. La même réunion que la veille s'y trouve; cependant, deux nouveaux pèlerins sont survenus; l'un d'eux se distingue par un vêtement complet de toile cirée; singulière idée pour voyager dans un pays où, pour obtenir de la pluie, il faudrait sortir, en procession, les reliques de tous les Saints.

Rien de plus calme que ce repas et les suivants; chacun paraît en conversation mystérieuse avec son assiette.

CHAPITRE IX.

CHAPITRE IX.

La première journée consacrée aux grandes émotions de la pensée laisse peu de temps pour la curiosité; aussi, le lendemain de ces bienfaisantes
secousses, nous circulons dans Jérusalem pour voir
la ville en détail, y suivre, en entier, la voie douloureuse indiquée à tous les pèlerins, sans laisser
de côté une seule station. Nous tournons le dos à
la porte St-Etienne à l'orient de la ville. A gauche,
en suivant la rue, près du couvent latin de la Flagellation, on voit dans le mur les traces d'une porte
sculptée où venait aboutir l'escalier qui menait au
prétoire; Jésus le monta et le descendit plusieurs

fois lorsqu'il allait d'Hérode à Pilate et de Pilate à
Hérode. Cet escalier *scala santa* se trouve aujour-
d'hui à Rome dans l'église de St-Jean-de-Latran,
où le grand Constantin l'envoya. Nous voici devant
la maison de Ponce-Pilate, que recouvre une caserne
turque; c'est une construction qui n'offre rien que
de très ordinaire; là commence la *voie douloureuse;*
les stations que fit N.-S. y sont indiquées.

Une arcade sous laquelle on passe est surmontée
d'une fenêtre dite de l'*Ecce homo*, d'où Pilate
montra le Christ au peuple en disant : « Voici
l'homme. »

Après une construction neuve qui est, me dit-on,
la propriété de l'Autriche, au coin à gauche, la station de la première chute de N.-S. est indiquée
par un morceau de colonne.

Une ancienne église en ruine marque la place où
s'évanouit la Ste-Vierge, lorsqu'elle aperçut son
divin fils.

Tout près de cette station, on nous montre la
maison du mauvais riche; c'est actuellement un
hôpital.

Une entaille dans le mur à droite et à l'angle de

la rue que nous suivons indique l'endroit où le Christ, succombant sous la charge de sa croix, fut assisté par Simon le Cyrénéen qui la porta quelques moments.

A gauche, en remontant cette rue, un morceau de colonne couché désigne la place de la maison de Ste-Véronique qui vint essuyer la sueur de Jésus.

Avant de descendre du côté du Calvaire, une colonne indique la seconde chute de N.-S.; c'est là que se terminait la ville à cette époque. A cet endroit s'élevait la *Porte judiciaire* sous laquelle tomba Jésus.

Un peu plus loin, Jésus rencontra les filles de Sion et il leur dit : « Filles de Sion, ne pleurez pas sur moi, mais sur vous-mêmes. »

La troisième chute est marquée par trois colonnes de pierre grise; elles sont à gauche à la la sortie du bazar que nous traversons. Les cinq dernières stations se trouvent dans l'église du St-Sépulcre.

Une des constructions remarquables de Jérusalem est le couvent arménien, demeure du patriarche; il occupe cette partie du Mont-Sion qui est renfermée dans les murs de la ville. L'église du couvent est très magnifiquement ornée; à gauche de l'autel une petite place est consacrée au souvenir de la décollation de St-Jacques le Majeur; les inscrustations en nacre des portes, les mosaïques qui forment le sol et les peintures des colonnes lui donnent un aspect riche qui sort des effets communs. Ce couvent reçoit de somptueuses donations des Arméniens de Smyrne et de Constantinople. On y montre la pierre rapportée des bords du Jourdain qu'on dit être la même que choisit Jésus pour poser ses pieds lorsqu'il reçut le baptême.

Il existe encore un petit couvent arménien bâti, à ce que l'on prétend, à la place où s'élevait la maison du grand-prêtre Hama. Dans la cour de cette demeure croissait un olivier auquel Jésus fut attaché pendant qu'on discutait le moyen de le faire mourir.

En revenant sur mes pas, je termine ma tournée par un coup d'œil dans la *piscine probatique* de Bethesda; on n'y voit que des décombres; cependant, une partie des murs s'est bien con-

servée et ces pierres appartiennent à l'antiquité sans qu'il soit élevé de doute sur leur authenticité. C'est là que les victimes, offertes par
les Juifs en sacrifice au Seigneur, recevaient la purification; c'est là que Jésus opéra le miracle sur le
paralytique. Maintenant, c'est une espèce de grand
trou à fumier, et nous faisons la réflexion que
l'ange qui autrefois venait planer sur ses eaux
serait bien déconcerté de la trouver ainsi transformée. Je regarde, pour la dernière fois, cette immense piscine sans la contempler.

En retournant au couvent, je traverse une rue habitée par quelques lépreux. Plusieurs de ces malheureux sont aperçus au fond d'un antre obscur, et
leur voix lamentable demande l'aumône; comme
j'ai passé outre très rapidement, c'est tout ce que
je puis constater d'eux.

Jérusalem a un mouvement de population, à ce
qu'on m'assure, de trente mille âmes, qui donne
une certaine animation. On y rencontre des juifs,
des musulmans, des chrétiens, se divisant en Grecs,
Latins, Arméniens, protestants; il y réside une colonie européenne dont les représentants officiels

sont des hommes distingués; mais chacun reste chez soi, c'est la vie intérieure la plus calme qu'on puisse voir. Le grand commerce est nul; le petit commerce y vit et n'est pas à plaindre; l'artisan se tire d'affaire, et le cultivateur des environs vend ses productions.

La ville possède un couvent de Sœurs de Charité, qui rendent de grands services aux voyageurs; s'ils tombent malades, ils reçoivent d'elles les soins les plus empressés.

Du reste, au bout de quarante-huit heures, on est au courant des taquineries des Grecs et des Latins. S'il ne s'agissait pas de la religion, cette petite guerre serait comique : c'est à qui découvrira des sanctuaires et s'en emparera. Je me laisse raconter que les Latins aiment à garder ce qu'ils ont, les Grecs à prendre tout ce qu'ils n'ont pas; si vous aimez les Grecs, me dit-on, ils se sont mis partout. Je ne blâme certes pas les Grecs de leur persistance à acquérir; mais s'ils demandent au Tout-Puissant de favoriser leurs tentatives, je doute qu'ils l'obtiennent faute de pouvoir se faire entendre. Leurs cérémonies sont tellement bruyantes, tout en

n'ayant pas d'instruments interdits par leur rite,
que c'est à rendre sourd même Dieu. Je n'ai rien
vu de moins édifiant; ce sont des chants qui ressemblent à des cris, puis un remue-ménage de sonnettes en permanence. Cela pourrait, médisance à
part, s'appeler charivari.

Sans partialité, les cérémonies des Latins ont de
la dignité; c'est le rapport respectueux de l'homme
avec Dieu. L'orgue des Latins désappointe un peu
les Grecs dont les cris incessants se laissent domi-
ner quelquefois par l'ampleur des sons de ce puissant instrument. Cette lutte des Grecs et des Latins
est à tel point dans l'esprit de tout le monde qu'il
en est toujours question; c'est l'occupation, sans
relâche, des consuls de conserver la paix pour l'édi-
fication du public. Mais, hélas! on a beau faire, il
faut toujours se tenir en garde..... car les Grecs,
encore les Grecs, toujours les Grecs. On a consacré
par un terme vulgaire le manque d'entente; mais le
mot est trop vieux, les siècles marchent, les mots
ne doivent pas rester en arrière. Donc, c'est une
grécodière qu'il faut dire dorénavant. Oublions vite
ce revers de la médaille : la doctrine de Jésus veut

la paix entre tous les humains, et c'est faire fausse route que d'être continuellement en guerre, soi-disant pour sa plus grande gloire.

Je reviens à ma tournée dans l'intérieur de la ville qu'on a vite fait de voir. Comme toutes les villes d'Orient, elle se compose de rues étroites et de bazars; les habitations diffèrent peu entre elles; ce sont des maisons avec terrasses, fenêtres à l'eu-ropéenne à treillage de bois, mais plus rares sur la rue que sur les cours; les boutiques étalent leurs denrées sans abri, le marchand placé à l'intérieur fait son commerce sans se donner beaucoup de mouvement en fumant son narguilé.

Du côté de la grande mosquée on peut contem-pler un morceau de muraille qu'on dit être un reste du temple de Salomon; le samedi, pour atten-drir Dieu, quelques Juifs vont s'y frapper la tête et pousser des lamentations, ce qui ne les avance à rien; ils feraient bien mieux d'être chrétiens, ils se-raient ainsi tout consolés.

Je vais jeter un coup d'œil sur la mosquée d'Omar, mais de loin; il est défendu à tout ce qui n'est pas musulman de franchir le seuil de la porte de l'immense cour qui la précède; les chiens peuvent s'y promener en toute sécurité, mais les chrétiens, halte-là! on ne souffre pas une pareille profanation. O Mahomet! toute votre sagesse n'atteint pas même à la hauteur du bas de la robe du Christ; les portes des temples chrétiens sont ouvertes à tous; on y respecte ceux qui professent une religion différente et, au besoin, ils y seraient protégés.

Deux Turcs étaient assis sur une marche de l'escalier qui donne accès dans cette cour; mes compagnons et moi restons à la place qu'il nous était permis d'occuper pour voir de loin cette fameuse mosquée d'Omar, lorsque vient un jeune garçon qui se met à faire des remontrances aux deux Turcs, pour nous avoir laissé autant approcher; ils trouvent que les chrétiens ne doivent pas même plonger leurs regards dans la direction de ce lieu sacré. Nous laissons là ces trois hommes pour éviter à l'enfant une pituite que, certes, la volubilité de son discours lui aurait value. A peine sommes-nous au milieu de la rue déserte, que la gardienne officielle de la porte, sans savoir jusqu'où nous avons pénétré, et nous apercevant partir, se met à vociférer

contre nous; par bonheur, un vieux Turc passe;
un de mes compagnons lui parle en bon arabe et
le met au courant de la question; avec une sagesse
sans égale le vieux musulman crie à cette femme de
se taire d'abord et ensuite de mieux garder sa porte
à l'avenir. Ce brave homme me fit illusion, je crus
voir et entendre Salomon en personne; à coup sûr
ce doit être un de ses descendants.

Une chose remarquable, tant qu'il n'est pas question de leurs mosquées, c'est la politesse des Turcs
pour les pèlerins; à Jérusalem, seulement, ils donnent aux étrangers, quand l'occasion se présente, le
salam, cela veut dire : que le salut soit avec vous.
Ils estiment assez les étrangers pèlerins pour leur
adresser ce bon souhait, gracieuseté dont ils se
gardent bien dans les autres villes. Plusieurs fois
cette politesse nous fut adressée pendant notre séjour, et à ma dernière visite au St-Sépulcre les quatre gardiens turcs me donnèrent le *salam.*

Après notre visite aux abords de la mosquée, nous
dirigeons nos pas vers l'extérieur de Jérusalem qui
est entouré de lieux consacrés par des souvenirs
précieux et qu'on s'empresse de voir. C'est, d'abord,

en sortant de la porte de Bethléem, gardée comme
toutes les autres portes de la ville par des soldats
turcs plus ou moins mal chaussés, la montagne de
Sion pour y voir le tombeau du roi David; je laisse
à ma droite, avant d'y arriver, une chapelle armé-
nienne; on prétend que là se trouvait la maison du
grand-prêtre Caïphe; dans la chapelle, à droite de
l'autel, on vous montre l'endroit où Jésus fut em-
prisonné. Une petite mosquée recouvre le tombeau
de David; les chrétiens sont admis dans une partie
du bâtiment qu'on dit être le Cénacle où le Christ
prit son dernier repas avec ses disciples et où il
institua le sacrement qui est la commémoration de
sa mort; c'est aussi à cette même place que les apôtres composèrent le *Credo*.

En quittant le Cénacle, nous passons devant la
grotte où St-Pierre se retira pour pleurer après que
le coq eut chanté trois fois. J'aperçois le champ du
sang ou du potier, ou *Haceldama*, que la tradition
signale comme étant celui qui fut payé par l'argent
que Judas reçut pour sa trahison. Autrefois, les
pèlerins étrangers recevaient la sépulture dans ce
champ. A peu de distance d'Haceldama, existe un

tombeau connu sous le nom de *Retraite des Apôtres*, un joli travail de sculpture en décore l'entrée;
il y a plusieurs siècles, cette grotte renfermait des
chapelles; on voit encore quelques traces de peintures sur les murs; du reste, la vallée d'Ennom
abonde en grottes sépulcrales qu'il serait aussi mo-
notone que fatigant de visiter. Un sentier nous
conduit au pied sud du mont Sion dans la vallée
d'Ennom ou de la Géhenne; une petite élévation en
face et bordant au sud cette vallée s'appelle la
montagne du *mauvais Conseil;* Caïphe y possédait
une maison où les prêtres, les scribes et les phari-
siens, tinrent conseil pour mettre à mort Jésus. Au
bas de la colline nous voyons la fontaine de Siloé,
célèbre par le miracle de N. S. qui rendit la vue à
un aveugle en lui ordonnant de se laver les yeux
avec l'eau de Siloé. Tout près de la fontaine un arbre, qui donne un ombrage agréable, passe pour
être celui sous lequel fut enterré, après son supplice, le prophète Isaïe. Le puits de Job et de Né-
hémie est à quelques pas; le bassin en est très creux
et abrité par une construction; à la fin de l'hiver
l'eau est abondante et le puits de Job devient le

rendez-vous de promenade des habitants du voisinage.

En traversant le Cédron, que les pluies d'hiver transforment en torrent, on arrive au village de Siloé composé de quelques habitations dont une partie est taillée dans le rocher. Le village s'étage sur le mont du *Scandale ou de l'Offense*, Salomon y fit élever des autels pour sacrifier aux idoles; les maisons de Siloé sont entourées d'une quantité de grottes qui furent le refuge de beaucoup de chrétiens.

En quittant Siloé, nous nous dirigeons vers une petite ouverture par laquelle on pénètre dans le rocher, c'est l'entrée de ce qu'on appelle le *Tombeau des Prophètes*. Je laisse un de mes compagnons se glisser par ce passage dans cette caverne; ma curiosité ne vas pas jusqu'à ramper, je me laisse raconter ce qui se trouve dans l'intérieur de cette grotte contenant des cases à cercueils sans ornements sculptés; ce qui m'en est dit me satisfait complètement et je m'applaudis d'être restée au jour à l'entrée de la grotte.

Nous entrons ensuite dans la vallée de Josaphat

qui suit celle de Cédron. L'imagination peut se la
représenter verdoyante et ombragée, mais en réalité elle est d'une grande aridité et pavée de tombeaux. Il est dit, mais ce n'est pas un article de
foi, que, le jour du jugement dernier, Dieu appa-
raîtra au-dessus de la porte de Jérusalem, qui regarde la vallée, pour juger chacun selon ses œuvres; alors, les juifs voulant soutenir, les premiers,
le regard du Tout-Puissant se font enterrer vis-à-
vis cette porte; et comme ils sont nombreux, les
places y coûtent fort cher.

Parmi toutes ces tombes que l'art n'a pas em-
bellies, on remarque deux tombeaux monuments
qui ont été taillés dans le rocher même; l'un est
celui de Zacharie; l'autre, celui d'Absalon, a une
particularité (qui n'est pas une chevelure sculptée)
que ne possède pas son voisin; l'intérieur est presque comblé de pierres que les pèlerins et les
habitants de la ville sainte viennent y jeter en passant, afin que la postérité soit bien convaincue
qu'il ne faut pas pardonner aux fils rebelles. Pour
mon compte, je me suis abstenue de jeter une
pierre : il ne m'appartient pas de juger des morts;

que la terre leur soit légère. Derrière Absalon repose Josaphat dont le tombeau est plus modeste. Celui de St Jacques, qui est peu éloigné, possède deux colonnes qui en soutiennent le portique. En nous baissant un peu, nous y entrons, c'est une grotte taillée dans la montagne : elle renferme trois salles dont deux sont obscures; la première regarde la vallée; c'est là que l'apôtre St Jacques se retira pendant la passion de N.-S. ne voulant prendre aucune nourriture jusqu'à sa résurrection. Presqu'en face de ces tombeaux, je vois l'endroit où Jésus traversa le Cédron; on m'indique un rocher sur lequel il tomba lorsqu'il fut maltraité et entraîné par les ordres du Grand Prêtre; deux empreintes dans la pierre représentent la trace des genoux de N.-S.

En continuant le tour de la ville sainte, nous arrivons au *Jardin des Oliviers* qui sont au nombre de huit. Ce jardin est la propriété exclusive des Latins. Une grande muraille l'entoure et défie, avec succès, la convoitise des Grecs; la clé de la porte paraît un assommoir par sa longueur et son épaisseur; je ne serais pas étonnée qu'elle eût été forgée en vue d'une invasion des Grecs. Je me fais donner, par le moine jardinier, des fleurs du jardin sacré. Je trouve que rien ne rappelle un pays comme les fleurs, et dans tous les lieux que j'ai parcourus, j'ai eu soin d'en cueillir quelques-unes; ce sont, pour moi, autant de précieux souvenirs. Mais il faut bien se garder, dans le jardin de Gethsémani, de toucher à quoi que ce soit, c'est le moine qui distribue ces reliques; quiconque en déroberait mérite l'excommunication.

Après une promenade assez prolongée dans le jardin sacré, nous le quittons; en face de la porte on remarque le rocher sur lequel les apôtres s'endormirent. Nous laissons derrière nous la place où Judas donna le baiser de trahison à Jésus, pour diriger nos pas vers la *Grotte d'Agonie*, où un ange apparut à Jésus pour le consoler. Cette grotte, sans autre ornement qu'un simple autel, laisse une impression triste; un jour de grand chagrin on aimerait à y venir pleurer : il semble que le souvenir de l'agonie de l'âme du Christ rendrait les larmes moins amères; on y puiserait la force de comprendre que les chagrins de ce monde ne sont rien en comparaison des douleurs endurées pour nous par l'homme-Dieu; alors le calvaire serait doux. Le cœur attristé, on quitte cette grotte, et à quelques pas plus loin, il faut voir celle qui renferme le tombeau de la Ste Vierge, attribué à la pieuse mère de Constantin. Il ne reste plus rien d'une église qui avait été construite au-dessus de la grotte et qui servit de tombeau, d'après ce que nous dit notre cicérone, à la reine Mélisende. On descend dans la grotte par une quarantaine de marches; le tombeau de Ste Anne, de St Joachim et de St Joseph se voient à gauche et à droite des degrés. Au moment même où nous y sommes, les Grecs célèbrent la messe dans la chapelle souterraine qui leur appartient; elle renferme un puits et un seau attaché à une chaîne pour puiser l'eau. Les sonnettes, les grelots et les voix nasillardes fesant leur office, nous restons peu de temps, la méditation est impossible dans un pareil vacarme.

Avant de remonter vers la ville, nous nous reposons sous un grand olivier, un Arabe y a installé un commerce : il a organisé un petit fourneau pour tenir chaud du café toujours prêt à être servi aux promeneurs; de plus, un vase de grès rempli d'eau et un gobelet sont à leur disposition.

En passant devant la porte où le premier martyr chrétien, saint Etienne, souffrit la lapidation, je remarque une porte murée; les Turcs, croyant que les infidèles doivent entrer à Jérusalem de ce côté, n'ont rien imaginé de mieux que de supprimer le passage; c'est naïf, mais c'est respectable.

Tous ceux qui s'occupent d'antiquité s'accordent à regarder toute la longueur de la muraille fesant face à l'orient comme étant l'enceinte de l'ancienne Jérusalem. Avant d'arriver à l'angle du mur, on me fait remarquer un morceau de colonne placé comme un canon : là doit s'appuyer le pont que les mahométans prétendent devoir surgir au moment du jugement dernier; ce pont suspendu sur le gouffre de l'enfer aura l'épaisseur d'un fil; dès les premiers pas, les méchants entravés dans leur marche par leurs péchés tomberont, les bons seront soutenus par des anges; il faut donc se garer des péchés si on ne veut pas tomber dans l'abîme infernal et surtout arriver en dernier pour que l'abîme soit comblé en partie.

Nous étions un peu fatigués de notre course à pied; la journée, sans être brûlante, avait été éclairée par un soleil encore chaud; mais le lendemain nous voit continuer notre visite à tous les lieux indiqués aux pèlerins et qui, même sans inspirer un grand intérêt, ne peuvent être dédaignés. Nous sortons par la porte de Damas qui est d'une architecture moresque; en face d'elle un chemin conduit au *Tombeau des Rois;* dix minutes suffiraient pour y arriver. Un lambeau de sculpture représentant des fleurs, des fruits, une couronne d'immortelles indiquent l'entrée de ce lieu de repos des têtes couronnées. Une espèce d'ouverture très basse donne passage vers une salle obscure dans laquelle on finit par voir à l'aide d'une lanterne; trois portes s'ouvrent dans des salles au nombre de cinq; dans la première, on peut compter dans les parois du mur une quinzaine de cases à cercueils, quatorze ou quinze sont réparties dans les quatre autres chambres. C'est peu curieux, et on abandonne, sans regret, cette dernière demeure des souverains pour revoir le jour par le même chemin. Je conseille de s'en tenir au lambeau de sculpture

et de regarder le trou sans y passer, à moins qu'on
ne tienne essentiellement à faire valoir sa souplesse.
Nous laissons ces tombeaux pour continuer notre
course vers un point plus intéressant.

Nous jetons un coup d'œil sur l'entrée d'une carrière appelée la *Grotte du Foulon*, et par le mont
Olivet nous allons visiter la tour de l'Ascension;
chemin fesant, on signale à ma droite, en longeant
la muraille de la ville, la porte fermée, dite de la
Pèlerine; l'impératrice Hélène entra pieds nus à
Jérusalem par cette porte lorsqu'elle vint en pieux
pèlerinage dans la ville sainte. Nous traversons le
Cédron pour suivre la route qui serpente sur la
montagne et, en moins d'une heure, nous en atteignons le sommet, d'où le Christ prophétisa à Jérusalem que pas une de ses pierres ne resterait debout.
On a construit sur cette colline une petite mosquée abandonnée aujourd'hui : elle renferme une
pierre sur laquelle on a marqué le pied du Ré-
dempteur pour indiquer la place d'où il s'éleva
dans le Ciel; du minaret qui touche presque à
cette petite mosquée, on peut jouir du coup d'œil
de Jérusalem dans son entier. Vue de ce point,

cette ville blanche et crénelée, se détachant au mi-
'eu des montagnes qui l'environnent, prend un
spect étrange qui, sans égayer le regard, ne l'at-
riste pas, surtout lorsque le soleil éclaire le pay-
age. La mosquée d'Omar, avec sa couverture de
lomb et les ornements extérieurs formant un émail
leu et blanc, est resplendissante. De cette même
our, au moyen d'une lorgnette, j'aperçois très
istinctement la mer Morte; presque trois journées
e marche m'en séparent et, cependant, grâce à la
orgnette, j'ai pu voir la légère ondulation de ses
'agues.

Tout en descendant de la tour, je vois un Turc
ccroupi et fumant; il semble appartenir à la classe
auvre; je lui fais demander si les Turcs s'accordent
vec les chrétiens : « Nous sommes tous la créature
e Dieu, » répond-il en reprenant gravement sa
ipe. Cette réponse, digne d'un vrai croyant, m'é-
nna de la part d'un homme couvert de haillons
t que l'éducation n'a pas éclairé. Que cette bonne
arole arrive à tous ceux que l'exaltation em-
orte.

A deux heures de la ville sainte, une excursion

qui n'est pas une grande fatigue ni une forte impression est la visite à la grotte de St-Jean dans le désert, d'où le précurseur du Christ se dirigea vers le Jourdain pour y baptiser. En sortant par la porte de Jaffa, un jour nous courons à cette grotte. Après une heure de marche nous atteignons un couvent grec que nous dépassons sans nous y arrêter; on nous dit que l'église en est richement ornée. A une demi-heure de là nous sommes à St-Jean-du-Désert; ce village présente un assez joli aspect, posé qu'il est sur la dernière ondulation de la montagne. Nous avons peu de temps et nous en profitons pour visiter l'église du couvent des Franciscains, la grotte, transformée en chapelle, où est né St Jean-Baptiste, les ruines de la Visitation et la maison de Zacharie qui fut témoin de la visite de la sainte Vierge à sa cousine Elisabeth.

Nous remontons à cheval; une heure nous sépare du désert de St Jean; la vallée que nous parcourons possède quelque verdure et conduit à la grotte dans laquelle St Jean passa quinze années; nous nous rafraîchissons à l'eau claire et pure qui coule d'une source voisine de la grotte; puis nous reprenons, au plus vite, la route de Jérusalem : le soleil n'attendant pas, nous pourrions trouver les portes de la ville fermées. Nous arrivons, enfin, sans qu'aucun incident, pendant l'aller et le retour de cette course, soit venu rompre la monotonie de la route.

Je dois mentionner, quoique offrant peu d'intérêt, ce qu'on appelle le *Tombeau des Juges;* en une demi-heure et marchant au nord de Jérusalem, on peut aller voir ces tombes qui ne laissent, du reste, aucun souvenir; un feuillage sculpté court sur le fronton; les six salles sépulcrales ne présentent rien de très particulier, elles renferment une soixantaine de cases.

Une grotte que je ne veux pas oublier et qui fait presque face à la porte de Damas est celle où le prophète Jérémie exhalait ses lamentations tout en les écrivant; j'aime mieux la voir à présent qu'à l'époque où elle retentissait de ses plaintes; chaque fois que la mélancolie de ce pauvre Jérémie me revient à l'esprit, je pense à ces animaux infortunés qui, sous l'influence de la lune, lui adressent, pendant des heures entières, sans s'interrompre, des accents plaintifs qui sont la pierre d'achoppement des nerfs. Donc, oublions Jérémie, malgré sa renommée de grand poète élégiaque.

CHAPITRE X.

CHAPITRE X.

Après Jérusalem, Bethléem, berceau adorable de
N.-S.; il faut deux heures et demie pour s'y rendre. La route n'offre rien de très remarquable; on
y voit uu puits qui est l'endroit supposé où l'étoile
apparut aux Mages. Un peu sur la gauche, une
grande et belle construction moderne se déploie à
l'aise dans un champ clos : c'est le couvent grec de
St-Elie. Sur la droite, lorsque le couvent est dépassé, on me montre un champ fort étendu couvert
d'une masse de cailloux, et on me raconte que ce
champ, du temps de la Sainte-Vierge, produisait
des pois; or, en ayant demandé quelques-uns, elle

éprouva un refus du maître du champ; pour le punir, elle fit le miracle de changer les pois en pierres.

Le tombeau prétendu de Rachel, placé sur le bord de la route, vient en rompre l'uniformité. A l'ouest et peu éloigné du tombeau, je vois le village de Rama dont parle Jérémie, où Rachel « pleurait ses enfants sans pouvoir se consoler de les avoir perdus. » Nous foulons toujours un sol aride, les arbres sont toujours des oliviers mêlés de quelques figuiers; cependant, on rencontre à Bethléem et et dans ses environs une fertilité et une culture qui animent le paysage. Bethléem domine une vallée et la situation en est agréable. Après avoir fait le tour du tombeau de Rachel, on m'indique à droite, dans le lointain, le couvent grec de St-Georges; on y a établi un asile pour les fous de la Judée. Je vois aussi, du même côté, le point où se trouvent les vasques de Salomon : ce sont trois grands bassins creusés dans le rocher; l'eau de la source souterraine passe par des conduits qui portent l'eau à Jérusalem.

Enfin, nous touchons presque à Bethléem, qui

offre un aspect tout particulier; les habitants ont
conservé l'ancien costume, le pantalon turc n'y est
pas vu; tous les hommes portent la robe retenue
par une large ceinture de cuir rouge, un manteau
jeté sur l'épaule; le grand turban des anciens juifs
complète ce costume qui a beaucoup de noblesse;
la race y est plus pure qu'ailleurs, le type y est beau,
et je dirai même imposant, l'aspect est tout bibli-
que, on croit voir Abraham, Jacob et Judas; l'imagination qui s'est créé Joseph le retrouve. Le costume des femmes, dont le type, aussi, est plus beau
malgré la fatigue que le travail imprime sur leurs
traits, rappelle celui de la Sainte-Vierge dans les
tableaux de sainteté; une robe bleue retenue par
une étroite ceinture, un voile blanc recouvrant une
coiffure assez élevée accompagne l'ovale du visage,
lui donne de la grâce et de la distinction; un voile
bleu ou brun par dessus le blanc tombe dans le
dos et achève cet ajustement des plus simples, mais
qui satisfait l'œil. Quelques-unes de ces femmes
portent des plastrons rouges brodés de jaune sur
la poitrine; elles ornent leurs bras de plusieurs bracelets d'argent fort lourds.

Nous avions pris pour notre visite à Bethléem un guide du pays parlant l'italien, comprenant un peu le français; sa langue était l'arabe; il doit ressembler à Mardochée; il a grand air, son regard a de l'aplomb, sa stature élevée porte bien son costume composé d'une robe couleur marron, d'une ceinture de cuir rouge brodée de jaune, d'un manteau écarlate sur l'épaule et d'un grand turban sur la tête; ses pieds sont chaussés de bottines de cuir rouge. Il me donne les détails du chemin et, tout en me parlant, il retire d'une poche un papier qu'il me fait lire; c'est une attestation, en français, que chez lui on trouve des chapelets et des objets de nacre à des prix modérés. Il me paraît moins Mardochée après cette exhibition qui, cependant, était bien naturelle.

Sa demeure est à l'entrée de Bethléem et nous y fesons une halte pour choisir divers objets; son habitation est pratiquée dans le rocher et ressemble à une grotte; le jour vient par la porte et une fenêtre étroite; une cheminée perce le rocher pour laisser échapper la fumée; la chèvre a son coin. Le milieu de cet espace qui n'est ni une chambre, ni une salle, est partagé par un grand bloc de rocher creusé pour y recevoir du grain; une armoire, une espèce de canapé, dont on me fait les honneurs, et des escabeaux sont tous les meubles présents. De lit, il n'en existe pas, tout ce monde-là couche par terre, pêle-mêle, dans la même chambre, sur des matelas qu'on roule le matin pour les ranger à l'écart; les draps sont inconnus, et hommes et femmes ne se déshabillent pas pour dormir : Arabes et Turcs ont les mêmes façons dans tout l'Orient. Ce n'est pas propre, mais c'est primitif.

Nous aurions vu toutes les grottes et toutes les maisons que nous n'aurions pas rencontré plus de luxe d'ameublement. Je passe devant une maison où des cris cadencés se font entendre; un jeune homme y est mort; le village voisin, ami du défunt, est venu l'enterrer, et en sortant du cimetière il a, selon la coutume, envahi la maison du trépassé et se promet d'y trépigner, en criant, pendant trois jours sans s'arrêter. On m'explique cet usage; il a pour but de rendre le passage du mort dans l'autre monde plus agréable, par la pensée des regrets bruyants qu'il excite dans celui-ci. Je ne trouve rien à redire; mais chacun son goût, et si je vais terminer mes jours par là, j'aurai soin de ne faire connaissance avec personne, pour que des regrets de cette sorte ne m'accompagnent pas.

Bethléem renferme des Musulmans, des Latins, des Grecs; mais un Juif n'est pas souffert; pas un ne s'y hasarde, il y serait lapidé; ce qui prouve qu'à Bethléem l'Evangile n'est pas encore compris et les commandements de Dieu pas davantage. Il serait temps que la lumière se fît partout.

Le village est promptement traversé, rien n'y attire l'attention. Le couvent de Terre-Sainte bâti sur le roc et dominant la vallée est d'une belle apparence; nous y sommes introduits. Comme nous ne comptons pas rester la nuit nous refusons les cellules qu'on nous offre; je me repose sur le divan du réfectoire qui est une grande salle élevée; elle possède un certain luxe que je n'ai pas encore remarqué dans les autres couvents; ce n'est pas qu'il y ait des meubles extraordinaires; des divans et les bancs de la table à manger ornent, seulement, la salle; non, le luxe se résume dans quatre portraits représentant un roi et une reine de Jérusalem; de plus, les portraits de l'Empereur et de l'Impératrice d'Autriche. Je suis un peu choquée de ne pas voir les portraits de nos souverains; cependant, le catholicisme est sous le protectorat spécial de la France en Terre-Sainte. On a su demander à Vienne deux images aimées, on aurait pu obtenir de Paris deux images protectrices. J'aime à croire que c'est un oubli et non une petite faiblesse ultramontaine pour le gouvernement sans Concordat et une légère rancune, sans aigreur cependant, pour le gouvernement qui en possède un. Si je me trompe, je veux espérer que le Concordat étant un acte des plus ratifiés, son souvenir ne viendra plus partager en deux les sympathies afin que les parts deviennent égales.

Nous sommes les seuls pèlerins alors présents. Après le déjeuner qui nous est servi avec beaucoup d'empressement et avec accompagnement d'excellents gâteaux faits par les moines, le supérieur et le moine secrétaire de la communauté viennent nous tenir compagnie. Je remarque le petit doigt de la main gauche du secrétaire, une de ses phalanges est brisée; comme son habit n'admet pas la

supposition d'un fait de guerre, je lui demande
d'où lui vient cette blessure; je crois tomber à la
renverse lorsqu'il me répond que l'année précédente
il l'a reçue dans une lutte contre les Grecs qui
avaient voulu envahir une propriété des Latins, et
que, pour faire face au péril, il avait été obligé de
tenir tête à l'invasion : mais non sans y laisser son
petit doigt. Cela fit une si grosse affaire que le
Pacha de Jérusalem, le Consul de France et
d'autres autorités furent obligés de venir à Bethléem pour rétablir le calme; de par les autorités, la
victoire resta aux Latins.

Rien n'est plus déplorable que toutes ces scènes
qui empêchent les conversions : comment veut-on
persuader dès que les poings s'en mêlent? Les
gens à convertir ne se préoccupent pas si le tort
vient des Latins ou des Grecs, ils ne voient qu'une
chose, ce sont les chrétiens qui se battent entre
eux! rien n'est plus désolant. Encore une fois, la
doctrine de Jésus veut la paix entre tous, et les
hommes qui répandent sa parole doivent être les
premiers à montrer l'exemple de la douceur envers
le prochain sous peine de s'éloigner et d'éloigner

les autres des préceptes divins; aussi, dirai-je, sans faire pencher la balance d'aucun côté, que le devoir des Latins et des Grecs les oblige à se respecter mutuellement et à ne jamais donner le scandale de leur lutte qui discrédite la religion. Je veux oublier ce triste fait et ne songer qu'à ma visite au Sanctuaire.

Après notre déjeuner, le moine-secrétaire a l'obligeance de nous guider dans la visite des lieux consacrés. Le Sanctuaire, dont jouissent aussi les Grecs, est dans l'église de la Nativité qui fait partie du couvent; elle est entourée par les couvents grecs et arméniens, et bâtie sur la grotte même qui vit la naissance du Sauveur. Les proportions en sont belles; on distingue sur les murs de la nef du milieu, au-dessus des colonnes, des restes de mosaïques et sur les colonnes quelques traces de peintures qu'on fait remonter aux Croisades; cette partie de l'église ne sert pas au culte; elle est séparée par une muraille du chœur affecté aux Grecs et aux Arméniens. Les autels de la Crèche et de l'Etable dans la grotte de la Nativité sont très richement ornés; une étoile d'argent désigne la place de la naissance du Sauveur avec l'inscription latine : *Ici est né J.-C. de la vierge Marie.* Le sol de la grotte est pavé de marbre et de porphyre.

Après avoir adoré la mémoire de Jésus à l'endroit où vint au monde cette lumière qui éblouit sans aveugler et qui éclaire pour le conduire au bien l'homme qui veut se confier à elle, nous descendons aux grottes inférieures; l'une d'elles fut l'habitation de St-Jérôme, une autre servit de sépulture aux saints Innocents, massacrés par l'ordre d'Hérode. Une chapelle indique le tombeau d'Eusèbe de Crémone, disciple de St-Jérôme. Deux autels sont élevés sur les tombes de Paula, dame romaine, et de sa fille Ste Eustochie; elles fondèrent à Bethléem un hospice qui devint le couvent actuel; St Jérôme parle de leur piété.

A quelques minutes de là, nous allons voir la *Grotte du Lait,* ainsi nommée parce que, dit-on, la Ste Vierge, obligée de se cacher avant de fuir en Egypte, et ne pouvant sortir pour se procurer de la nourriture, eut, malgré cela, une telle abondance de lait que l'Enfant-Jésus n'eut pas à soûffrir de ce jeûne forcé; cette grotte est à dix minutes du couvent de Terre-Sainte, et la visite qu'on lui fait est plutôt de curiosité que d'impression. En la quittant, nous traversons, à l'orient, une plaine qui paraît fertile, pour arriver en une demi-heure à la *Grotte des Pasteurs* qui apprirent à cet endroit la naissance de Jésus; c'est une petite chapelle souterraine et peu splendide.

Je voulais retourner à Jérusalem le jour même, une prolongation de séjour à Bethléhem n'est pas nécessaire, on peut explorer tout en quelques heures, et, cependant, on aimerait à y passer une quinzaine de jours; le calme qu'on y trouve et cette originalité de population a un attrait indicible; on est au bout du monde et cependant à la source de la vraie lumière qui lance ses rayons sur tout l'univers.

Pendant que le guide est allé chercher les chevaux, je veux dire un dernier adieu à la Crèche et à la chapelle de Ste-Catherine qui est d'une belle dimension, bien inférieure, cependant, à celle des Grecs sa voisine, qui, comme toujours, possède l'emplacement le plus éclairé, le plus haut, le plus vaste, et dont les richesses étalées sur son autel prouvent ses immenses ressources. Dans la chapelle latine, un moine était en prières, je profite de son immobilité pour en faire un croquis.

Pour retourner au réfectoire, je n'ai plus personne qui me guide; une porte se présente devant moi, je la prends; je me vois dans un grand corridor voûté, très clair et très large; une petite porte entre-baillée m'invite à la pousser un peu, et, en passant seulement ma tête, je découvre une chambre que je suppose être un vestiaire pour les habillements sacerdotaux; ce qui m'étonne, c'est d'y voir deux grandes consoles Louis XV d'un beau style; les pieds sont encore dorés quoique fort détériorés; remis à neuf, ce seraient deux meubles superbes. Avis aux amateurs d'antiquités. A peine ai-je satisfait ma curiosité, que je ne crois pas une indiscrétion, que je vois accourir vers moi, du fond du corridor, un homme les bras levés au plafond, les yeux exprimant la perplexité; il ne profère que quelques mots arabes, je ne les comprends pas; mais son air effaré semble dire : *Vade retro, Satanas.* Je m'arrête pour l'attendre; il me fait sortir par la porte que j'ai prise pour entrer, et m'indiquant l'inscription qui la décore.

un peut haut il est vrai, j'y lis en italien fort clair
et tout aussi net qu'il est formellement interdit aux
femmes de franchir cette porte; alors tout m'est
expliqué. Seulement, je voudrais bien savoir ce qu'il
serait arrivé si, continuant ma course sans entrave,
j'eusse pénétré jusqu'au milieu du chapitre réuni;
je pense bien qu'on n'aurait pas brûlé le couvent à
cause de mon apparition, j'aime à le croire, mais je
serais partie plus satisfaite si j'avais pu en acquérir
la certitude.

Remise dans le bon chemin, je retrouve le réfectoire et le moine qui a servi à table; il est espagnol,
moine depuis trente-deux ans, se trouve très heureux,
et n'a jamais regretté la vie agitée de ce monde; il
a vu l'Amérique pendant un séjour de plusieurs
années; il sait broder, mais n'a plus les yeux assez
jeunes pour se permettre cette distraction. Je veux
prendre un croquis d'après lui, jamais je ne puis
l'y décider; chaque fois que j'ai l'air de toucher à
mon crayon il se retourne en pouffant de rire dans
son mouchoir; je crois qu'il n'avait été pris depuis
longtemps d'un tel accès de gaîté. Comme les chevaux n'étaient pas prêts, je m'amuse à lui faire re-

nouveler ses accès de rire; il aurait pris une infu-
sion de sardoine, cette herbe singulière de Sardaigne, qu'il n'aurait pas été mieux disposé. Sa grande
raison pour me refuser est que mes amis se mo-
queraient de sa figure, lorsque je la leur montre-
rais à mon retour à Paris; il se trouve trop vieux
et pas assez beau. Je profite de l'occasion pour
lui répondre que son orgueil le fera punir Là-Haut,
et, qu'en attendant son jugement, lorsqu'il sera
dans la vallée de Josaphat, et moi aussi, je le pour-
suivrai, sans relâche, mon crayon à la main. Pour
le coup, je crois, décidément, qu'il a mangé une
botte de sardoine; il a toutes les peines du monde à
se calmer, et pendant qu'il reprend sa gravité, je
me mets à croquer une maison de Bethléem de la
fenêtre du réfectoire. Enfin, je prends congé de ce
bon moine; voilà au moins un heureux sur cette
terre.

Bethléem inspire un vif intérêt, les costumes y
sont pour beaucoup et ne s'y voient pas mélangés
comme à Jérusalem; c'est la Bible vivante; le temps
des Patriarches apparaît; on oublie complètement
le siècle de la machine et de la vapeur, on croit

entendre des psaumes partout. Je quitte Bethléem avec la certitude de ne l'oublier jamais, et je forme le vœu d'y revenir pour y faire des études de peinture d'après des types qu'on ne rencontre nulle part et que le souvenir est incapable de reproduire avec exactitude.

Les puits de David sont laissés à droite à la sortie du village, et le retour à Jérusalem s'exécute sans plus d'incidents.

CHAPITRE XI.

CHAPITRE XI.

Le moment approche de dire adieu à la ville
Sainte, mais non sans avoir visité, en détail, le
nouveau sanctuaire acquis aux Latins par les soins
actifs et persistants du Consul-Général de France,
M. de Barrère. C'est une église d'un beau style,
élevée sur l'emplacement qu'occupa, jadis, la maison de Ste Anne. Le jour même où la concession
en fut faite, des ouvriers commençaient une muraille pour entourer les terrains qui l'avoisinent et,
surtout, pour la préserver.......... Je demande la
permission, par charité chrétienne, de ne pas ache-
ver ma pensée, mais une supposition n'étant pas

une accusation, il est permis de soupçonner qu'il est question des Grecs.

Je souhaite à tous les pèlerins la bonne fortune de trouver la gracieuse et parfaite obligeance que nous avons rencontrée chez M. le Consul-Général de France; grâce à lui, nous avons pu voir les très curieuses carrières souterraines de Jérusalem; les pierres qui en ont été extraites servirent à bâtir la ville et même le temple de Salomon. Nous y pénétrons en nous baissant et, en quelques instants, au moyen de torches qui jettent les plus vives lueurs, le coup d'œil devient magique, des blocs énormes ont été enlevés et ont laissé des vides immenses qui s'élèvent à une grande hauteur et que les torches teignent des plus belles couleurs; c'est très intéressant à voir : j'en garde un bon souvenir de curiosite satisfaite.

M. le Consul me dit que, pendant la guerre de Crimée on avait espéré l'arrivée de l'Empereur à Sébastopol et que l'Impératrice, l'accompagnant, laisserait le champ de bataille pour faire un pèlerinage à Jérusalem; dans cette heureuse perspective, M. le Consul avait projeté d'illuminer à *giorno* et en verres de couleur avec des feux de Bengale les profondeurs lointaines de ces immenses carrières. Je laisse à l'imagination le soin de se représenter la merveilleuse beauté de la souveraine du plus puissant empire du monde, rayonnant au milieu de ces mille feux à l'endroit même où Salomon fit choisir les pierres colossales de son temple fameux.

Et Jéricho ? et le Jourdain ? et la mer morte ? Toutes les personnes auxquelles je me suis adressée pour me décider à pousser jusque-là, peu disposée que j'étais de m'y transporter, m'ont répondu : d'abord, qu'il faut presque cinq journées pour y arriver et en revenir, et c'est, plus que jamais, l'aridité. Jéricho est un misérable petit village dans lequel on ne voit pas le moindre pan de muraille, abattu par le son des éclatantes trompettes; le Jourdain est peu limpide même à l'endroit où N.-S. reçut le baptême; et l'impression rapportée de ces lieux ne compense pas les fatigues à subir. Donc, je fais mes excuses à Jéricho et au Jourdain de loin. Quant à la mer Morte, grâce à la lorgnette, je l'ai parfaitement distinguée et n'ai aucun regret de n'avoir pas fait une longue marche en sa faveur.

Il faut quitter Jérusalem pour prendre la route de Nazareth; adieu à la ville sainte; la voix prononce cet adieu, mais le cœur l'emporte si bien gravée qu'elle en devient inséparable; la pensée s'en empare pour toute la vie.

Après avoir accompli toutes nos dévotions et fait provision de chapelets et de croix, nous prenons congé de la maison hospitalière qui nous a si bien abrités sous son toit pendant toute une semaine, le temps s'y est écoulé vite; il est vrai que, sauf les heures des repas et pendant la nuit, nous étions constamment dehors; les incidents au couvent n'abondent pas, c'est toujours le calme de la vie régulière; à table la conversation est peu animée, nous ne sommes plus au complet, les anciens pèlerins sont en excursion à Jéricho et les quelques nouveaux venus restent silencieux. Il faut dire aussi que le sentiment profond qu'on éprouve de se voir dans la ville sacrée donne le besoin impérieux de rester en soi-même.

Nous congédions notre moucre en lui souhaitant de devenir plus intelligent; il part ramenant à Jaffa les chevaux. La vie de couvent cessant jusqu'à

Nazareth, nous louons un bon moucre qui doit
nous guider et des chevaux; notre bagage s'augmente de tentes pour passer la nuit, de matelas
pour nous y reposer, de couvertures pour ne pas
geler, et d'une batterie de cuisine simplifiée pour
faire cuire nos aliments.

Tout étant bien solidement organisé, l'heure des
adieux a sonné. En sortant de la ville, sur la route
s'échelonnent des femmes portant sur leurs têtes
des paniers de très beaux raisins qui annoncent
que les quelques vignes du voisinage sont en bon
état.

Un dernier regard est pour Jérusalem; je ne
saurais dire si toutes les émotions accumulées dans
la ville sainte viennent, en despotes absolues, s'interposer entre les émotions nouvelles qui peuvent
être ressenties, ou si la tiédeur vous atteint devant
une nature uniforme et semblable à celle qui est
parcourue depuis une douzaine de jours, mais l'esprit ne cherche plus à faire de tout un incident; il
semble que Jérusalem suffit à l'élan qui vous y a
porté; ce souvenir est une espèce de béatitude qu'on
n'aime pas à augmenter et qu'on ne veut pas

amoindrir; il tarde d'avoir fini de voir pour n'avoir plus qu'à penser.

Après trois heures et demie d'une marche silencieuse, les yeux fatigués par la grande sécheresse du paysage, nous faisons halte à El-Bir; c'est de là que la Ste-Vierge revint à Jérusalem pour chercher Jésus qu'elle retrouva dans le temple. Là, comme sur toute la route, les habitations se ressemblent; elles sont petites; le salon des habitants se tient sous les arbres. Les quelques femmes que nous apercevons vaquent à leurs travaux et ne sont pas voilées; du reste, le voile sur le visage, cette apparence de pudeur factice se remarque, surtout, dans les villes; leur costume se compose d'une robe de grosse étoffe attachée par une ceinture de corde, une espèce de loque formant voile retombe par derrière; les hommes portent le costume arabe; les femmes que j'ai vues aux fontaines, puisant de l'eau, en remplissaient des outres et les portaient sur leur tête.

Les préparatifs pour la nuit étant nouveaux pour moi viennent m'intéresser. Les tentes sont dressées dans une place que nous avons choisie au milieu

d'un champ, au pied de la colline où trône El-Bir;
tout est d'un mouvement inaccoutumé qui me fait
oublier que je vais, pour ainsi dire, coucher sur la
dure. Avant de passer sous cette tente, comme le
soir est doux, nous nous asseyons en rond, ainsi que
des sauvages, pour deviser jusqu'au moment d'aller
prendre du repos. J'étais encore sous l'impression,
je dirai presque comique, d'un fait qui m'avait été
raconté et concernant un village du nom de Ramala
à un quart d'heure d'El-Bir. Ramala possède une
mission catholique depuis dix-huit mois; mais,
sauf le curé et quelques âmes, tous les habitants
sont musulmans; malgré leur insouciance ils sont
capables de taquinerie plus qu'on ne pourrait le
croire. Un beau matin ils se réveillent se prenant
en grippe; l'unique rue de Ramala se partage en
deux camps, malheur à celui qui marchera sur le
trottoir de l'autre. Des arbres, au nombre à peu
près de deux mille, sont la propriété du village,
c'était un ombrage inappréciable; par une belle
aurore, la moitié de ces arbres se trouve par terre;
l'autre moitié, restée debout, regarde d'un air
narquois la preuve palpable de la puissance de ses

maîtres et leur génie inventif à exciter la colère de leurs ennemis. Le côté attaqué ne souffle pas mot pendant un an, mais il cuit et recuit sa vengeance altérée d'ombre, et par une aurore non moins belle que celle de l'année précédente, les autres arbres ennemis mordent la poussière. Voilà, donc, tout ce monde sans verdure et sans abri contre le soleil; les voilà bien avancés. On m'assure que ce n'est pas le dénoûment et que des vengeances suivront ce commencement d'hostilités. Je ne veux pas m'endormir avec cette pensée, et je veux croire, au contraire, que cette lutte se terminera par cette sottise.

J'ai mieux dormi sous la tente que je ne le pensais, et cinq heures du matin me trouvent très disposée à remonter à cheval. La journée s'annonce belle, mais neuf heures de marche nous attendent. Le terrain devient plus cultivé, l'aspect est moins aride tout en conservant une apparence sèche. Nous laissons à droite Béthel sans oublier que Jacob s'endormit sur la route et y vit l'échelle mystérieuse. Il existe encore des ruines d'une église élevée à l'endroit supposé. Non loin de Béthel à Silo, l'arche et le tabernacle furent conservés pendant

351 ans jusqu'à ce que les Philistins s'en fussent emparés. Silo n'offre plus que des ruines. Je m'en tiens au récit de tout cela, ne désirant pas prolonger notre course pour faire un crochet qui ne m'aurait rapporté que de la fatigue et des pierres plus ou moins authentiques à regarder.

Il est près de midi, lorsque nous atteignons une fontaine. Des Arabes et des troupeaux l'envahissent; nous aurions attendu fort longtemps notre tour si un jeune Arabe complaisant, c'est-à-dire une rareté, n'eût fait signe à notre moucre de le suivre et, un quart d'heure après, nous avons de l'eau en abondance; tout ce monde-là nous aurait laissé mourir de soif; il est loin de la civilisation d'Abou-Gosch; nous ne les intéressons nullement.

L'eau n'est pas bonne, il s'en faut; mais, heusement, nous avons du vin qui en atténue le mauvais goût. J'avais avisé de beaux arbres dans un champ près de la fontaine, et c'est là que nous passons deux grandes heures très bien installés. Notre halte finie, nous voulons donner une rétribution à notre jeune Arabe, il la refuse; il paraît, seulement, accepter avec plaisir quelques provisions qui lui sont offertes. Ce jeune garçon m'a laissé un bon souvenir de son obligeance; nous lui disons adieu et nous remontons à cheval.

Sans accident ni incident, nous entrons dans la route qui serpente au travers de la petite vallée entre le mont Garizim et le mont Ebal. Les fortes impressions restant muettes, il est impossible de les transmettre; le chemin se parcourt avec indifférence, la pensée est restée à Jérusalem.

Avant d'arriver à Naplouse, l'ancienne Sichem, nous laissons à notre droite le puits de Jacob où Jésus conversa avec la Samaritaine; ensuite, le tombeau de Joseph qui n'a rien de plus curieux que celui de sa mère Rachel sur la route de Bethléem. Depuis quelque temps déjà, nous cheminons dans un sol pierreux et assez difficile; et moi qui ne pense jamais au Sultan, je me prends à regretter qu'il n'ait pas dû venir par là; nous aurions rencontré les difficultés aplanies. Que le Sultan ne vienne pas, s'il veut, sur cette route, mais qu'il le dise, les pèlerins y gagneront.

La vallée de Dothaïm touche à Naplouse; c'est

dans un lieu retiré de cette vallée que Joseph fut vendu par ses frères. Je ne puis m'empêcher de dire à cet égard qu'un malheur est bon à quelque chose; de simple pasteur devenir ministre d'un roi d'Egypte qui rêvait de vaches! Quel bon temps que celui où l'explication des songes procurait de pareilles grandeurs! Les temps sont bien changés; maintenant on a beau rêver de vache, de chien ou de chat, cela n'amène rien de bon. Il est vrai que personne ne vend plus son frère. C'est un progrès.

Pendant mes réflexions sur la destinée de Joseph, le soleil a disparu derrière la montagne; nous terminons notre installation à Naplouse dont la position est agréable, placée qu'elle est entre le mont Garizim et le mont Ebal. Le repos nous est nécessaire; sans être harassés nous sommes fatigués. Les incidents de la journée sont nuls; nous n'avons donc pas à les rappeler; les bagages étaient solidement attachés, et pas la moindre chute n'est venue retarder notre marche; puis, Jérusalem domine tout, la pensée y reste constamment attachée; le corps va en avant mais l'esprit ne suit pas; il ne faut donc pas s'étonner de ce besoin de si-

15

lence doublé par les solitudes qui sont parcou-
rues.

Je me fais donner des détails sur Naplouse; il y
reste trente-neuf Samaritains descendant de ceux
qui adorèrent le Seigneur sur la montagne; ils gardent d'une manière inébranlable la foi de leurs pères; ils sont toujours dans l'attente du Messie. Qu'ils
s'arment donc de patience: ils attendront longtemps.

Je suis bien reposée: un sommeil de plomb m'a-
vait saisie, à peine retirée sous ma tente; nous
sommes campés agréablement; deux ruisseaux qui
fournissent de l'eau dans le village s'écoulent à notre
droite et à notre gauche. Nous prenons un jour de
grand repos entre deux étapes de neuf heures de
marche; nous passons donc une seconde nuit à Naplouse dont les habitants nous laissent parfaitement tranquilles. Nous employons trois heures de
la journée pour visiter, sur le mont Garizim, les ruines du temple des Samaritains; elles sont belles,
vastes, et à Pâques les Samaritains y vont immoler
l'agneau pascal.

Nous ne quittons pas Naplouse sans voir dans

la synagogue des Samaritains la copie des fameux cinq livres de Moïse réunis sous le nom de Pentateuque. Ce manuscrit est sur parchemin collé sur un tissu de soie rouge, il est roulé, et sa largeur est d'à peu près cinquante centimètres.

Adieu à Naplouse; j'en emporte le souvenir d'y avoir très bien dormi. Nous traversons Sébaste, l'ancienne Samarie bâtie par Amri qui y déploya les splendeurs du trône d'Israël. De toutes ces belles choses, il ne reste rien; les colonnes encore debout et d'autres couchées sur le sol n'appartiennent pas à ce siècle reculé; elles sont près de l'église St-Jean qu'on prétend renfermer le tombeau du précurseur du Chrit. Nous savions qu'une caravane de prêtres, quelque temps avant nous, avait demandé la permission de jeter un coup d'œil dans cette église qui est à présent une mosquée. La caravane obtint de la population un refus net; la population étant dans son droit, chacun remonta sur son cheval; mais à peine fut-on remis en selle que la population, ayant changé d'avis, donna la permission de visiter la mosquée; comme le village paraissait aussi capricieux que ses chèvres, la caravane n'accepta pas

cette invitation de peur qu'une fois à terre le refus
ne revînt sur l'eau. Nous étions au courant de cette
malice et nous ne fesons pas l'honneur à ces fan-
tasques personnages de leur rien demander, nous
passons fiers de notre indifférence. Nous savions
aussi que la même caravane avait été insultée par
des enfants qui lui avaient jeté des pierres à Djebba;
nous fesons bonne contenance en y entrant. Du
reste, le révolvers sont en évidence, et c'est un grand
porte-respect. Il n'est pas dangereux de voyager
dans ces parages surtout lorsqu'on est armé et en
nombre respectable; mais il est bon de savoir que
la population est quelquefois hostile aux pèlerins.
Cependant, nous avons rencontré, dans diverses
stations, des enfants nous disant adieu en français,
chose qui ne nous était pas arrivée à Jaffa, à Jérusalem et pendant notre séjour.

Après avoir dépassé Djebba, une halte est nécessaire, quatre heures nous séparent de Djennin,
lieu de notre troisième campement, et, pour y arriver, nous avons une très vaste plaine à traverser.
En chemin, une caravane de chameaux se présente;
mais elle ne m'inspire aucun chant : mes yeux sont

devant moi, et ma pensée toujours en arrière.

Nous arrivons à une grande plaine qui doit avoir un aspect très fertile au printemps; elle se déploie devant nous, dépouillée de ses moissons; elle est sèche. N'ayant pas de grandes impressions à en recevoir, je fais prendre le trot à mon cheval pour camper le plutôt possible à Djennin; un orage semble se préparer et je suis bien empressée de nous voir réunis commodément à l'abri.

Arrivés à Djennin, toute crainte d'orage a disparu; nous ne sommes plus qu'à cinq heures de Nazareth : nous pouvons nous reposer fort tranquilles sans être occupés de la course du lendemain qui n'en est plus une après les longues marches que nous venons d'accomplir. Les conserves s'ajoutant à notre cuisine en plein air, surtout composée de volaille bouillie, rôtie et d'œufs, nous ont été d'un grand secours; nous achetons en route des volailles dont nous avons fait du bouillon; notre provision de pain touche à sa fin, et pour la prolonger, nous achetons dans les villages que nous traversons des galettes du pays, rondes et molles; ce n'est pas bon, mais c'est mangeable.

Notre campement à Djennin est choisi sur une petite éminence en face le village qui a une assez bonne
apparence et qui se repose dans une vallée flanquée
d'un côté de monticules et de collines; les environs
ne paraissent pas trop mal cultivés; leur principal
ornement consiste en oliviers, figuiers et arbres
d'espèces différentes. Au pied de notre campement
coule un petit ruisseau de mauvaise eau et dont le
murmure ne vint pas troubler, ni poétiser mon
sommeil. Le lendemain, nous sommes témoins, de
loin, d'un scène conjugale; un mari menait, à
coups de bâton, sa chère moitié au lavoir, ce qui
m'apprend que dans ce pays adopté par l'arbre représentant le symbole de la paix, l'harmonie ne
règne pas toujours dans les ménages. Je veux oublier cette scène, elle est attristante pour l'huma-
nité.

En quittant ce pays de maris battant et de femmes battues, nous sommes obligés de gravir assez
longtemps, pour atteindre un plateau qui se pro-
longe pendant à peu près deux heures en ondula-
lations, avant d'arriver à la descente brusque et
rapide d'une assez haute montagne; c'est au bas

de cette descente que nous fesons halte près d'une fontaine dont l'eau est recueillie dans un bassin de pierre. C'est là que commence cette fameuse plaine d'Esdraëlon et, pendant que le déjeuner se prépare, je m'éloigne pour contempler dans une solitude complète cette plaine illustrée par nos armes. Je voyais Kléber résistant avec ses trois mille hommes aux vingt-sept mille Turcs qu'il avait voulu surprendre; je voyais encore la constance de ces carrés humains devenus de granit, contre lesquels venaient se briser les efforts impétueux et impuissants de la cavalerie turque; je croyais assister à la lutte de cette poignée de héros se défendant six heures, abritée seulement par une ligne de cadavres; il me semblait que les échos répétaient encore cet unique coup de canon qui dut bien vibrer dans le cœur de Kléber, c'était le salut! Bonaparte, dont le génie avait prévu la position désespérée de Kléber, déboucha en silence du mont Thabor; le coup de canon, seul, annonça qu'il avait atteint son but. Sa présence mit fin à ce glorieux combat par la prise du village de Fouli que les Turcs occupaient. Le cœur rempli de ce souvenir,

je retourne vers mes compagnons en donnant une
dernière pensée aux braves qui avaient ajouté une
nouvelle étoile à notre cher drapeau.

CHAPITRE XII.

CHAPITRE XII.

Une place, abritée simplement par des rochers,
evient notre salle à manger; pas un arbre ne
rête son ombrage; une quantité d'Arabes vient à
a fontaine pour y désaltérer des troupeaux d'ânes
t de chèvres; beaucoup d'entr'eux s'approchent de
ous pour tacher d'obtenir les miettes de notre
déjeuner; mais ils sont tellement indiscrets qu'il
aut faire mine de mettre en mouvement la cra-
ache; l'ordre se rétablit; nous fesons quelques
énérosités, et, à notre départ, toute cette race
et beaucoup de complaisance à tenir les étriers
our nous mettre en selle.

Cette petite scène de la fontaine, avec mouvements accentués de la cravache, me remet en mémoire un mot d'un des parents d'Abd-el-Kader, qui l'a suivi dans son exil à Damas, où il réside. Les Turcs de Damas professent un profond mépris pour l'Arabe d'Afrique, et dans une conversation animée, un Turc dit à ce parent d'Abd-el-Kader que la bravoure dont il se vantait ne les avait pas sauvés du joug des Infidèles (c'est nous). Aussitôt notre vaincu, pris d'une belle indignation et avec un geste magnifique, découvre sa poitrine criblée de blessures. « Voilà, s'écrie-t-il, les marques de notre lutte, et si nous sommes tombés, c'est avec gloire. Malheur à vous, si ces Infidèles jettent leurs regards de votre côté; alors, ce ne sera pas à coups de fusil qu'ils vous chasseront, mais à coups de souliers. » Cette confiance dans notre supériorité ne peut me trouver insensible; la nation qui inspire à ses ennemis des paroles aussi méprisantes adressées à des coreligionnaires n'est pas une nation dégénérée; mais j'avoue que pour le peuple qui serait sous le coup de la pantoufle c'est une autre question.

Au moment où nous quittons cette place, le soleil est radieux ; le Thabor, regardant la plaine en face, nous montre de belles touffes d'arbres. Nous prenons à gauche pour suivre le chemin de Nazareth qui serpente dans la montagne du Précipice ; c'est là que Jésus se rendit à Naïm, où il ressuscita le fils de la veuve après avoir échappé aux Nazaréens qui voulurent le jeter au bas de cette montagne. Lorsqu'on a le temps de faire l'ascension complète, on découvre la plaine dans son entier ; elle est bien cultivée et d'une immensité imposante. Tout en approchant de Nazareth, la route s'améliore, ce qui fait penser au Sultan ; peut-être a-t-il dû venir.

L'aspect de Nazareth, qu'on atteint cinq heures après le départ de Djennin, a peu de charme ; le sol est aride. L'église de l'Annonciation, attenante au couvent de Terre-Sainte, est bâtie sur l'emplacement de la demeure de la Sainte-Vierge et de Saint-Joseph, dont on voit l'atelier de charpentier uni, par un souterrain, à la grotte de la Sainte-Vierge ; à deux heures de Nazareth, à Séphoris, demeuraient sainte Anne et saint Joachim.

La vie sous la tente, qui était nouvelle pour moi, ne m'avait pas déplue; mais je dois dire, pour être sincère, que la cellule qui me fut donnée chez les franciscains, à Nazareth, me parut agréable; un vrai lit a bien son mérite, et dès que le souper fut achevé, je ne me fis pas prier pour aller m'y étendre. La porte de ma cellule n'avait pas de recommandation pour éviter Satan, ses pompes et ses œuvres. Cette nuit passée dans un sommeil très paisible me repose amplement, et je me lève sans peine pour aller en plein air me livrer à mes pensées.

A Nazareth, comme à Jérusalem, on éprouve le besoin de méditer sur la glorieuse mission du Christ; la pensée est à ses miracles dont le berceau fut à Nazareth. Toute cette partie de la Galilée est peuplée des merveilles de son action divine. A Cana, il change l'eau en vin; dans un champ de Galilée, il fait le miracle de la multiplication des pains; sur la montagne des Béatitudes, il proclame les vertus chrétiennes; à Nazareth eut lieu le dernier repas qu'il prit avec ses disciples avant son départ pour Jérusalem; à trois heures de Nazareth, le mont

Thabor fut témoin de la Transfiguration ; à sept heures de marche, le lac de Génézareth, ou de Tibériade, vient rappeler que Jésus apaisa ses flots irrités et fit entendre souvent la parole divine au peuple rassemblé sur ses bords. Chaque coin de cette terre est un souvenir de reconnaissance envers l'homme Dieu, dont la pensée constante était l'amélioration et le bonheur des hommes qu'il devait racheter par son douloureux et sublime sacrifice. C'est de Nazareth que sortit le rayon lumineux et civilisateur du christianisme qui, semblable à la source limpide courant à la mer, devient un fleuve envahissant dont rien ne peut changer ni arrêter le cours. L'impression se manifeste toute différente de celle qu'on éprouve à Jérusalem où les douleurs du Christ viennent saisir l'âme de tristesse. C'est à Nazareth que la pensée doit se développer ; la lumière se fait, c'est l'aube d'un jour qui doit être resplendissant ; c'est, par un temps étouffant, la brise qui annonce la fraîcheur ; c'est la confiance dans un avenir qui ne trompe pas ; c'est la promesse réalisée d'avance ; c'est l'espoir sans déception. On emporte de Nazareth la grande image du Dieu qui s'est fait homme pour nous sauver; elle n'est pas palpitante comme celle de Jérusalem, elle repose, sans l'agiter, la pensée, et elle en développe l'essor.

Revenant aux choses de ce monde, nous calculons qu'il faut trois journées pour aller au lac de Tibériade et en revenir; notre temps est limité, et je ne suis pas très disposée à camper de nouveau; je ne veux, à aucun prix, me laisser surprendre par la fatigue, et les marches continuelles, sans halte de plusieurs jours, sont à redouter. J'abandonne, donc, sans regret, mon projet d'excursion à ce lac fameux dont l'eau est très malsaine et dont les bords exhalent des émanations pestilentielles.

Nazareth, quoiqu'ayant de la ressemblance avec Bethléem, quant au luxe des habitations, a plus d'importance; un couvent de sœurs de charité y est établi, un Vice-Consul français y réside, enfin on y trouve de l'autorité européenne, et c'est une bien douce satisfaction, dans ces pays éloignés, de rencontrer des visages compatriotes.

Quoiqu'elle n'ait rien de curieux, je vais voir, de près, la maison des fils de Zébédée avant de dire adieu des yeux à Nazareth, et tous, bien reposés, nous suivons, quelques temps, les montagnes de la Galilée pour arriver aux plaines de St Jean d'Acre. Dans le milieu de la journée, nous rencontrons quelques arbres pour abriter notre halte; par bonheur, nous avions eu le soin de prendre une petite provision d'eau à Nazareth, c'est une bonne précaution, car il n'y a pas la moindre source dans la plaine, du moins près de nous. Des campements d'Arabes-Bédouins viennent animer le paysage de notre route jusqu'à Caïffa; ces campements sont quatre pieux surmontés d'une toile noire, et cet abri sert à tout le monde, aux bêtes comme aux gens. On trouvera aux Bédouins tous les défauts qu'on voudra, mais certes on ne peut les accuser d'être difficiles à vivre.

Nous voici, enfin, au bout de six heures à Caïffa qui repose, tranquillement, au bord de la mer; une jolie verdure l'environne, nous la dépassons, et après trois quarts d'heure d'une ascension qui n'est pas douce, les Carmes nous donnent l'hospitalité. Le couvent est neuf, l'ancien a été brûlé il y a peu d'années; cet incendie aperçu de la mer devait être superbe; on aurait pu prendre le Carmel pour un nouveau volcan. La vue est belle du couvent, elle embrasse une étendue de mer immense, et à droite elle s'arrête sur la chaîne du Liban.

Après avoir visité la grotte du prophète Elie, on a tout vu sur le Carmel, et la blancheur de sa maison hospitalière, entourée d'arbres, laisse un charmant souvenir.

C'est là que peut se terminer le saint pèlerinage, c'est là qu'on peut attendre le passage du navire qui doit emporter vous et vos ineffaçables souvenirs; c'est de Caïffa que la pensée s'élance vers la patrie qui vous rappelle; c'est vers elle que tendent toutes les aspirations pour y rapporter des trésors de confiance et de calme qui sont une inspiration des Lieux Saints.

Quant à l'Orient, on l'abandonne sans peine. L'imagination le présente resplendissant; c'est un mirage de paillettes, on pense aux mille et une nuits; la réalité le trouve éteint; c'est la nuit sans la moindre étoile. Le premier aspect vous frappe tout d'abord, car cet Orient singulier possède un cachet à lui; ses villes ou villages se détachant en

blanc au milieu d'une verdure vigoureuse de couleur, paraissent un sourire, mais n'ont rien du
bonheur; c'est une nature qui manque de grandiose,
tout paraît accroupi comme ses habitants; on ne
sent pas dominé. Dans les villes, la malpropreté y
est constante, les rues des villes, en grande partie, sont vierges de balayage; le climat, d'une
grande sécheresse, fatigue et use; on aspire, sans
cesse, à voir tomber l'eau et à sentir cette humidité qui détend les nerfs; cette prétendue poésie orientale se résume à rêver de balais et de
parapluies; ce qu'on y sait des mœurs dégoûterait
de l'espèce humaine, tant ces mœurs la rappetis-
sent et la mettent au niveau de la brute. Je me
demande comment on peut s'inspirer d'idées poé-
tiques en Orient où tout est terre à terre; la poésie est un essor de l'âme et non une sensation du
corps, et l'Orient ne comprend que la sensation
sans se douter du sentiment. L'Europe devrait apporter à cette patrie du matérialisme sa civilisation morale; mais, malheureusement, elle est disposée à accepter plutôt ses vices. Malheur à l'homme
jeune que sa carrière mène en Orient; sans famille,

sans conseils, s'il ne pratique pas les vertus du christianisme, s'il n'est pas un vrai croyant, il se laissera entraîner par la débâcle des passions humaines et adoptera cette vie anéantissante où le cœur n'existe pas plus que l'âme. Et comment pourrait-il en être autrement dans un pays où les réunions du dévergondage ne sont pas un mystère, où l'immoralité ne prend pas même le soin d'attendre l'obscurité pour passer inaperçue; où le vice, traînant à sa remorque l'impudeur, assiège sans relâche, et sans y être invité, mais aussi sans être repoussé, le toit qui n'est pas défendu par l'aspect imposant de la famille. Avec ce contact vicieux et permanent, on arrive à oublier tout respect de soi-même : le sens moral se perd et presque toujours l'on prend un masque pour faire croire qu'il n'est pas perdu; c'est-à-dire, deux vices pour un; ce n'est pas la peine d'aller si loin pour faire de pareilles conquêtes. Les sentiments religieux, seuls, peuvent sauver de l'air pernicieux de l'Orient auquel on dit adieu sans regret, c'est le tombeau de l'âme; il n'est qu'une étable humaine.

Mais au lieu d'attendre à Caïffa le bateau autrichien, le meilleur est d'aller, comme je l'ai fait, se reposer à Beyrouth pour prendre le bateau français. La ville de Beyrouth est très jolie d'aspect; elle est à huit heures de Caïffa par mer; par terre, en visitant Acre, Tyr ou Soûr, Saïda ou Sidon, il faut trois jours.

Beyrouth a une foule de qualités, et la première est de jouir d'une colonie européenne d'une grande affabilité. La France y est représentée par des hommes distingués. L'art de la peinture y est remarquablement cultivé; pour ne pas douter de cette dernière assertion, veuillez me suivre. Entrons dans la Chancellerie de France; il faut monter vingt-sept marches; on ouvre une porte, plus une seconde : déjà, dans cette première salle, le bon goût se révèle, de charmants tableaux tapissent les murs; on passe vite pour arriver à un immense salon où toutes sortes de belles choses attirent les regards. Par où commencer? est-ce par les armures, ou le bahut sculpté de Bretagne, ou les armoires à vitrages qui laissent voir des bijoux de formes originales, des poignards, mille objets plus jolis les uns que les autres? Vous courez à tout cela pour

vous mettre enfin devant un chevalet sur lequel se
succèdent de gracieux tableaux; dessin irréprocha-
ble, belle couleur, poses vraies, touche soignée;
tous les détails rendus avec finesse font penser à
Gérard Dow. Le maître du logis, qui est Français,
met une grande amabilité à faire les honneurs de
chez lui, il est toujours gravement suivi d'un jeune
compagnon vêtu de velours noir, qui fait ressortir
la tache blanche qu'il possède à la main ou au pied
(le souvenir me manque); cette tache atteste la
noblesse de sa race; ses yeux brillants doivent
éclairer dans la nuit. Je ne puis rien dire de plus
sur cet être mystérieux et oriental; allez à Beyrouth, montez les vingt-sept marches en question,
faites-vous présenter, et vous pourrez apprécier
toutes les vertus et la beauté du compagnon silencieux qui répond au doux nom de Galiote (1).

(1) Galiote est un chat de la plus magnifique espèce.

CHAPITRE XIII.

Départ de Beyrouth. — Station à Alexandrie. — Aiguilles de Cléopâtre. — Canal de Mahmoudieh. — Maison turque. — Départ d'Alexandrie. — Station à Malte. — Arrivée en France.

CHAPITRE XIII.

Mais adieu à toutes ces régions en disant au revoir aux amis qu'on y laisse; le bateau français part; le temps est sombre, c'est une permission qui lui est accordée; nous sommes à la fin de l'automne; ma quinzaine de pèlerinage et mon repos à Beyrouth m'ont amenée au dernier jour de la première semaine de décembre. Cependant, la mer est calme, nous repassons devant Jaffa, et jusqu'à la station d'Alexandrie, les flots sont, malgré la pluie, d'une douceur charmante.

Voici, donc, Alexandrie pour la seconde fois, la saison est délicieuse, du soleil tout juste ce qu'il en

47

faut pour se permettre une longue course à pied. Le premier jour je le destine aux aiguilles de Cléopâtre.

Je débarque après déjeuner, et dès la première rue je trouve une transformation; la pluie des jours précédents a converti le sol en une boue épaisse et noire; pour m'en tirer, je n'ai qu'à suivre un chameau qui trace un sentier un peu plus net. J'arrive à la place des Consuls; comme elle est en plein soleil, le terrain y est redevenu solide, moins, cependant, un petit cloaque par ci, par là. Un progrès s'est accompli depuis mon passage, les bassins qu'on y creusait sont achevés, ils attendent l'eau; les plantations ne sont pas encore faites, et Dieu sait quand elles le seront, toujours en raison de ce système de choses laissées en train en Egypte. Après une demi-heure de marche, je suis devant une seule aiguille de Cléopâtre; la seconde que les Anglais se sont fait donner est couchée sous la terre à quelques pas de sa sœur; pourquoi n'a-t-elle pas été enlevée? je n'en sais rien; combien de temps restera-t-elle là? je ne le sais pas davantage. Celle qui est debout regarde la mer et rien n'empêche de croire, quoique Plutarque n'en dise rien dans la vie d'Antoine, que, peut-être, Cléopâtre vint s'asseoir à sa base pour se recueillir et prendre son courage à deux mains avant de se faire mordre.

Attendu que je ne comprends rien aux hiéroglyphes, j'en ai assez vu, et je retourne à bord gardant ma longue course pour le lendemain. Le commandant du paquebot a l'obligeance de se mettre à ma disposition pour ma visite au canal de Mahmoudieh. Avant d'accepter, j'avais eu la tentation de profiter des deux jours de station pour courir sur le Caire à toute vapeur, donner un coup d'œil aux Pyramides et revenir au plus vite; mais je crus plus raisonnable de ne pas céder à cette fantaisie; je risquais, par le moindre retard du chemin de fer, de manquer le départ du paquebot et d'être au repos forcé, pendant huit jours, dans Alexandrie; je n'avais que très juste le temps d'arriver au Caire, de monter sur un cheval, de galoper jusqu'aux Pyramides, et encore je ne pouvais y être qu'à la nuit; c'est à l'aide de lanternes que j'aurais pu contempler ces vieux monuments; je mis donc de côté les quarante siècles à voir; cependant, quelques voyageurs font, aux lanternes, cette équipée qui ne manque pas d'une certaine originalité.

Le lendemain donc, après le déjeuner, nous partons et nous abordons à l'endroit où l'on achevait une écluse qui doit permettre aux bâtiments du Nil d'arriver dans le port d'Alexandrie. Nous suivons le bord du canal où circule une population qui ne rappelle pas les splendeurs de l'Orient et des odeurs qui en font regretter les parfums. Tantôt nous sommes au milieu des gens, tantôt au milieu des bêtes et de voitures ou chariots; nous finissons par atteindre la barque de l'ingénieur du Vice-Roi; l'ingénieur est Français; il nous fait un gracieux accueil, il est ami du commandant, il a établi sa demeure dans une barque, nous nous y rafraîchissons un instant, puis nous repartons. Sur le chemin, un grand jardin s'offre à nous; la porte en est ouverte, nous entrons. La maison d'été est déserte et close; je m'empare de quelques roses oubliées par les matinées déjà fraîches.

Toujours en suivant le canal où stationnent de très jolis bateaux de plaisance aménagés avec luxe à l'intérieur, notre attention est fixée sur une mai-

son dont le gardien vient obligeamment nous offrir
de visiter le jardin; nous le suivons : c'est un terrain marécageux où sont régulièrement dessinées
des allées bordées de fleurs à leur dernière heure.
J'en avais assez de cette promenade dans l'humidité;
j'avise la maison, elle est neuve et n'a pas encore
été habitée. Notre cicerone, qui est un Russe dé-
paysé, nous fait l'histoire de cette maison; c'est la
maison d'un Pacha.

La première salle donnant sur le jardin est ornée d'un bassin avec un jet d'eau, tout le plafond
et les murailles sont couverts de guirlandes de
fleurs et d'oiseaux peints avec les plus vives couleurs; mais l'humidité a détaché le plâtre et la moitié de cette réjouissante vue est gisante sur la dalle.
Plusieurs chambres vides suivent cette salle. Au
premier étage, un salon rond possède une table, un
très beau lustre et deux canapés, tout nouvelle-
ment arrivés de Paris, style Louis XV, bois d'ébè-
ne, étoffe de soie bouton d'or, deux écussons avec
le chiffre, brodé en argent, du Pacha. Ce sont les
seuls meubles de la maison. Cet étage contient, de
plus, une grande salle-divan et une chambre, la

17*

seule qui soit pourvue d'une cheminée placée dans
un coin; elle est ornée d'une glace; cette disposition dans un coin fait fort mal. Comme toutes les
maisons turques, les fenêtres sont garnies de treil-
lages verts qui permettent de les laisser ouvertes
et de voir au dehors sans être aperçu en dedans;
de ces fenêtres je vois, très à mon aise, l'immense
et triste lac Mariotis.

Le divan particulier du Pacha se trouve dans un
autre compartiment de la maison; le plafond est
couvert de rayons de couleur et les murs sont peints
avec des dessins s'accordant avec eux. Un tapis
s'étale sur le carreau devant un large canapé-divan;
nous partons après cet examen; nous avons tout
vu.

Nous quittons cette maison pour aller jeter un
coup d'œil sur la machine qui doit apporter de l'eau
dans la ville; elle est fort avancée et promet d'entrer
bientôt en fonctions; comme ce sont les Anglais
qui s'en mêlent, ce sera bientôt achevé.

Tout en courant et furetant partout, tout en exa-
minant des femmes Fellas qui lavent des légumes
dans le canal (leurs bras, que nos sculpteurs ne dé-

daigneraient pas de prendre pour modèle tant leur
beauté est parfaite surtout à cause de la finesse du
poignet et de la petitesse de la main, sont chargés
de plusieurs bracelets et leurs oreilles ornées de
boucles qui descendent jusqu'aux clavicules), le
jour baisse et nous n'avons pour revenir au bâtiment que le temps de regagner, en longeant de jolis jardins bien dessinés et bien tenus, les beaux
boulevards qui entourent la ville et qui sont une
création bienfaisante de Méhémet-Ali.

Je reviens enchantée de ma promenade au-de-
hors de la ville, promenade qui doit bien compter,
au moins, pour douze kilomètres.

Le lendemain à onze heures, on sonne le départ
et, reposée de ma course de la veille, d'où j'avais
rapporté un délicieux bouquet, je dis adieu à la
terre des Pharaons qui, malgré tout, ne vaudra
jamais celle de Pharamond.

Une fois en mer et les passes franchies, un vent
du nord, beaucoup trop frais, me fait quitter le pont
qui, cette fois, ne porte pas de chevaux; je rentre
dans ma cabine qui est fort commode; j'y ai deux
compagnes peu bruyantes, mais en revanche, nous

avons un roulis et un tangage tels d'Alexandrie à
Malte qu'au lieu d'arriver le samedi matin nous n'y
sommes que le dimanche soir. Je ne puis quitter
mon cadre que pendant quelques instants chaque
jour en dépit des invitations réitérées du commandant de venir sur le pont admirer la lame. Il m'est
impossible de rester debout; je ne souffre pas,
mais le quatrième jour, je suis tellement fatiguée,
que je finis par me mettre par terre le dos appuyé
contre une caisse afin de changer de position. Je
fais demander de temps à autre au bon commandant si nous sommes à l'ancre; il me répond que
non, mais que nous avons vent debout; c'est absolument comme qui dirait j'ai le nez contre la muraille et je ne peux pas avancer.

Les dialogues de mes voisins, qui m'arrivent à
travers les cloisons, viennent me distraire. Personne ne pouvait monter à table, et les domestiques
sont harassés de leur supplément de service; j'en
entends un qui, sous l'influence de la mer, disait :
« Monsieur, je n'y tiens plus, je vais me brûler la
cervelle. Ah! mon ami, répondait le passager, attendez, je vous en prie, que nous soyons arrivés à

Malte; que ferions-nous sans vous! » Ce conseil lui donna de la patience, et à Malte, cette idée de suicide est passée. Enfin, le dimanche à quatre heures du soir, nous entrons dans le port; Dieu soit loué! six heures de repos, mais à bord; il fait nuit.

J'apprends, avec étonnement, que les boutiques sont ouvertes et j'entends, du port, un concert militaire dans lequel s'exécute un air de *Robert-le-Diable*; je trouve la musique singulièrement choisie pour un dimanche anglais. Il paraît que les possessions anglaises ont les manches plus larges que la métropole où l'on casse les vitres si on aperçoit, au travers, des joueurs de whist. Il est avec le ciel des accommodements, Malte le sait et elle en profite. A dix heures nous sortons du port; allons! Malte, un dernier salut et sans rancune, mais oublie ton droit dans la maison de Dieu.

Sauf un mouvement d'appréhension près de la Sardaigne, le reste de la traversée est supportable, malgré un mistral des plus glacés. Nous craignons, un moment, d'être obligés de relâcher en Sardaigne dans le petit port de la Madeleine, avec la perspective d'y rester, peut-être, quelques jours. La vie

ne doit pas y être fort animée, puisqu'on peut vivre
là pour cinq cents francs par an; c'est tout dire, il
faut avoir, certainement, recours à la fameuse
herbe pour se dérider à bon marché.

Il fait nuit lorsque nous entrons dans les bouches
de Bonifacio; on y est abrité, mais ces fameuses
bouches ont des dents si terribles que les commandants des navires ne dorment pas dès qu'ils
naviguent dans ces parages; un brouillard, ou un
coup de mer pourrait envoyer les bâtiments se pul-
vériser sur les rochers à fleur d'eau qui hérissent
les deux côtes; c'est une attention soutenue dès
qu'on y entre, c'est un poids de moins lorsqu'on en
sort. Bouches de Bonifacio, restez donc calmes
pour que nous passions vite. Dans la matinée nous
les quittons; nous côtoyons la Corse, il fait un
froid glacial, mais je veux revoir notre île; ses
montagnes sont couvertes d'une neige qui brille au
soleil comme du diamant, le coup d'œil est superbe,
ce soleil rappelle celui d'Austerlitz, ce souvenir
défie le mistral et réchauffe.

Plus qu'une nuit, et la France !

Sans le sommeil, cette nuit paraîtrait un siècle.

Enfin, Marseille ! Revoir cette chère France est un
bonheur indicible; dès qu'on met le pied sur cette
terre aimée, tout rayonne : c'est une jouissance
inexprimable. Les premières personnes qui frappent
les regards sont les douaniers, les gendarmes, les
sergents de ville; ils paraissent tous bien; la population fait plaisir à voir, c'est de la joie de retrouver
des yeux qui regardent, des figures qui pensent, des
cœurs qui battent. La France est le pays des mauvaises têtes, mais quels cœurs ! sous l'habit le plus
grossier, il y en a un toujours prêt au sacrifice;
l'âme est toujours au service de l'idée généreuse :
ce découragement que vous cause par sa dégradation
l'espèce humaine en Orient s'amoindrit, vous êtes
tout au bonheur d'un heureux retour et de pouvoir
dire en touchant le sol de la patrie : j'ai respiré l'air
de Jérusalem et je revois la France, ces deux patries
désormais inséparables.

FIN.